Himmelsbrücke

meiner Mutter

Gabriele Reiß

Himmelsbrücke

- Erzählung –

Bibliografische Information der Deutschen Nationalbibliothek
Die Deutsche Nationalbibliothek verzeichnet diese Publikation in der Deutschen
Nationalbibliografie; detaillierte bibliografische Daten sind im Internet über
http://dnb.d-nb.de abrufbar.

© 2009 Gabriele Reiß
Bildgestaltung: Renate Wellers
Einbandgestaltung: Julian Reiß
Satz, Herstellung und Verlag: Books on Demand GmbH, Norderstedt
ISBN 978-3-8370-3248-2

Kinder sind eine Brücke
zum Himmel.

Persisches Sprichwort

Ich höre das Wasser vom Himmel strömen.

Stetig, ohne Unterbrechung fällt es zu Boden und es ist mir, als fließe es direkt durch mein Inneres. Es lässt mich frösteln, obwohl die Wohnung warm ist.

Durch das geöffnete Fenster sehe ich den Himmel, grau wie seit Wochen schon und mit dem Wasser, das er aus seinen schweren Wolken auf die Erde herabregnen lässt, spült er mein Leben hinweg. Es verrinnt wie die unzähligen Tropfen in der Erde versickern.

Kälte kriecht durch meinen Körper.

Die Frau saß allein in ihrer kleinen Küche und aß zu Abend.

Jetzt stand sie auf, holte sich aus dem Schlafzimmer einen wollenen Pullover, streifte ihn über, setzte sich wieder an den Tisch.

Nach Jahren plötzlich auftretender Hitzeschübe und dazwischen liegenden Frierens ist mir die Kälte geblieben. Sie verlässt mich seitdem nicht mehr, hat jede Energie, jede Leidenschaft in mir abgetötet. Alles, was mich glücklich machte, alles, was mein Herz erwärmte, ist in dieser Kälte erfroren.

Sie stand wieder auf, trat zum Fenster, blickte durch die Glasscheibe in den Regen.

In zwei Jahren werde ich sechzig.

Es soll Menschen geben, die glauben, dass ihr Leben von diesem Zeitpunkt an wirklich beginne. Waran erkenne ich, dass es angefangen oder dass es vielleicht schon aufgehört hat?

Ab meinem sechzigsten Geburtstag wird es auf eine Art einfacher sein. Ich werde nicht mehr nachrechnen müssen, wenn ich nach meinem Alter gefragt werde. Denn ich habe längst vergessen, wie alt ich bin. Welche Bedeutung hat es schon, ob ich sechsundfünfzig oder achtundfünfzig Jahre zähle?

Schon lange kann ich mir mein Alter nicht wirklich merken, denn es gibt keine

Ereignisse, keine Stationen mehr, an denen es sich lohnt zu verweilen, die sich mir einprägen, weil sie vielleicht mein Leben für einen Moment rosa färben.

Die Frau setzte sich wieder hin, schenkte sich erneut Tee ein.
Sie trank ihren Tee sehr heiß, dass sie sich fast verbrannte, und fühlte, wie sich seine Wärme fast schmerzhaft in ihrer Brust ausdehnte.
Mit der Tasse in der Hand zuckte sie zusammen, weil das grelle Geräusch der Türschelle scharf die Gleichförmigkeit ihrer Gedanken durchschnitt. Sie bekam selten Besuch und dann nicht ohne Ankündigung.

Wer mag an der Tür sein?
Als wir jung waren, besuchten wir uns unangemeldet. Schon lange gehört dies der Vergangenheit an. Die Zeit der Überraschungen ist vorbei. Vielleicht ist es meine Nachbarin, die sich über etwas beklagen will, das ihr wohlgeordnetes Leben durcheinander gebracht hat?

Sie verharrte und wartete, stellte ihre Tasse ab. Es schellte kein zweites Mal.

Meine Nachbarin wird es nicht sein. Sie hätte so schnell nicht aufgegeben. Vielleicht sind es Kinder, die aus Spaß auf Klingelknöpfe drücken und Freude an ihrer Respektlosigkeit gegenüber Erwachsenen haben.

Sie ging zur Tür und öffnete sie.
Es hatte sich bereits umgedreht, um die Treppe hinunter zu gehen, langsam und zögernd.

Ich dachte es mir doch. Ein Kind. Ein kleines Mädchen.

Als es hörte, dass sich die Tür öffnete, kam es zurück, blieb vor ihr stehen, schaute verlegen zu Boden, schwieg.

Es gab eine Zeit, da wünschte ich mir Kinder.
Auch dieser Wunsch erfüllte sich nicht. Vielleicht war es gut so. Ich höre von meinen Arbeitskolleginnen Tag für Tag, wie anstrengend Kinder sind und dass

sie die Kräfte und die Portemonnaies ihrer Eltern aussaugen, unersättlich und undankbar dazu.

Es waren romantische Träume und sie waren geknüpft an die Beziehung zu einem Mann, den ich liebte. Das Aufziehen von Kindern ist wohl keine romantische Angelegenheit.

Vorbei. Vergessen.

„Nun, was möchtest du?"

Sicherlich will es nach Süßigkeiten fragen. Kinder wollen immer irgendetwas.

Es hob den Kopf und schaute sie an. Die Farbe seiner Augen erkannte sie nicht, aber sie waren hell, so wie sein Haar. Das Gesicht wirkte sehr klein, war blass und die Augen waren umschattet. Seine dünnen Beine steckten in olivgrünen Gummistiefeln, in denen auch die Knie verschwanden. Es trug eine viel zu große gelbe Regenjacke, die es umgab, als wäre es mit einem Zelt bekleidet.

Seine Eltern dürften sich ruhig mit der Kleidung mehr Mühe geben.

Das Kind schwieg noch immer, senkte wieder den Blick.

Die Frau hatte Zeit. Aber sie fühlte sich im tristen, vertrauten Ablauf ihres Abends gestört und darum drängte sie:

„Was ist denn nun? Warum hast du geschellt?"

Das Mädchen trat mit einem Fuß auf den anderen, kämpfte gegen seine Verlegenheit an. Schließlich hörte sie die leise hervorgebrachten Worte:

„Mein Ball ist auf deinen Balkon gefallen, weil er nämlich so weit springen kann. Darf ich ihn wieder haben?"

Also keine Süßigkeiten. Und es spricht mich mit Du an.

Es regnet in Strömen, draußen dämmert es und dieses Kind spielt mit einem Ball. Manche Eltern kümmern sich nicht um ihre Kinder, bringen ihnen nicht bei, dass man Erwachsene siezt.

„Warte einen Augenblick. Ich hole ihn dir."

Es schaute sie nun offen an und lächelte erleichtert. Auch seine Lippen waren blass.

Sie ließ es stehen und ging zurück ins Wohnzimmer, öffnete die Balkontür und sah das Regenwasser in einer großen Pfütze auf dem Boden stehen.

Gott sei Dank habe ich in diesem Jahr auf Blumen verzichtet.
Bei diesem vielen Regen wären sie verfault. Wozu habe ich eigentlich eine teure Wohnung mit Balkon gemietet? Ohne Blumen und unter Wasser stehend ist er ein Sinnbild der Trostlosigkeit. In der Sonne, wenn sie dann endlich scheinen wird, kann ich nicht sitzen, weil sie mir Kopfschmerzen bereitet. Und mit Blumen hat man zuallererst Arbeit.

Es war ein Gummiball, bunt, klein, nicht größer als eine Aprikose. Er lag auf dem grauen Boden, inmitten einer Wasserlache. Sie hob ihn auf und ging zur Tür zurück.

Das Mädchen stand noch immer an derselben Stelle und schaute sie erwartungsvoll an. Um seine Stiefel herum hatte sich eine kleine Pfütze gebildet.

Ich werde sie gleich aufwischen müssen…

„Hier hast du deinen Ball. Aber achte darauf, wohin du ihn wirfst. Wenn ich Blumen hätte, wäre er vielleicht hineingefallen und hätte sie zerdrückt."
Als das Kind seinen Ball sah, ging ein Strahlen über sein Gesicht. Es griff nach ihm, drehte sich dann um und wollte die Treppe hinunter gehen.
„Warte einen Moment! Willst du etwas Süßes?"

Im Schrank liegt Schokolade. Ich sollte sie nicht essen, weil ich ständig zunehme, auch ohne sie. Ich müsste auf Süßigkeiten verzichten, aber es fällt mir schwer. Am liebsten würde ich ständig welche essen.

Das Kind freute sich und lachte noch einmal.

Na bitte. Ich wusste doch, dass du Süßes wolltest.

Sie holte ihm einen Riegel Schokolade. Eine kleine Hand mit dünnen Fingern kam aus dem zu langen weiten Ärmel der Regenjacke hervor, umschloss das Geschenk und sofort biss das Kind ein Stück ab, als wäre es hungrig. Es lachte sie an, drehte sich um und lief rasch die Treppe hinunter. Sie hörte die Haustür ins Schloss fallen und stellte sich vor, wie es in den Regen hinauseilte, mit dem Ball in der einen und dem Stück Schokolade in der anderen Hand.

Es hat noch nicht einmal danke gesagt.

*

Es war Abend. Die Frau lag im Bett. Das Zimmer war nicht völlig dunkel, so dass sich die Möbel als graue Schatten von den helleren Wänden abhoben.

Durch das geöffnete Fenster höre ich den Regen rauschen. Das Geräusch hüllt mich in das vertraute Gefühl der Traurigkeit ein, dass schon so lange mein Begleiter ist.

Sie schloss die Augen.

Ich warte auf das Kribbeln in der Herzgegend, wie es sich dann allmählich im Körper ausbreitet. Es macht mir keine Angst, weil ich weiß, dass es eine Regung der Seele ist. Das Kribbeln kommt und geht jeden Abend, wenn ich in meinem Bett liege und in diesem Augenblick fühle ich mich lebendig und es tröstet mich, wenigstens diese Empfindung zu spüren.

Gleich werde ich träumen. Träume… so erwartungsfroh, so heiter waren sie einmal, am Tag und in der Nacht. Entzaubert, dunkel und ruhelos sind sie heute.

Langsam und unbemerkt erscheint ein bunter Fleck vor meinem inneren Auge, schiebt sich über meine Traurigkeit. Allmählich nimmt er eine runde Form an, schwebt über grauem, nassem Grund.

Sie schlief ein.

Am Nachmittag des nächsten Tages kehrte die Frau von der Arbeit zurück.

Schon lange finde ich in meinem Beruf keine Freude mehr. Ich bin morgens müde, würde gern den ganzen Vormittag im Bett bleiben. Das Leben verrinnt sowieso, ob ich wache oder schlafe. Ich bin müde zur Arbeit gegangen und komme müde zurück.

Aus einem düsteren, dicht bewölkten Himmel strömte immer noch in dünnen Fäden der Regen. Sie stieg aus ihrem Auto aus, spannte den Schirm auf und trat gleich in eine Pfütze. Das Wasser schwappte in ihren Schuh und sie schimpfte vor sich hin, starrte auf ihren nassen Fuß und sah unmittelbar davor, in der tiefen Pfütze stehend, ein paar grüne Gummistiefel.

In meiner Brust macht es einen kleinen Sprung des Wiedererkennens. Ein strahlendes Lächeln in einem kleinen Gesicht erscheint vor meinem geistigen Auge. Ich wende den Blick von meinem durchnässten Schuh und schaue auf.

Das Mädchen stand vor ihr in seiner viel zu großen Jacke, hatte mit der Kapuze sein Haar bedeckt. Dennoch hing ihm der nass gewordene Pony in die Stirn. Es lächelte zaghaft, wurde daraufhin ernst.
„Jetzt hast du deinen Schuh nass gemacht und deinen Strumpf. Du solltest Gummistiefel anziehen, so wie ich."

Schon wieder hat es mich geduzt.

„Weißt du nicht, dass man Erwachsene siezen soll?"
„Entschuldige. Nein…, entschuldigen Sie bitte. Ich vergesse das immer."
Die Frau schloss ihr Auto ab, suchte in der Manteltasche nach ihrem Wohnungsschlüssel und ging zum Haus. Das Kind lief neben ihr her. Es war sehr

klein und musste mehr Schritte machen als sie. Die zu großen Stiefel erschwerten ihm das Laufen.

Sie hatte es eilig, in die Wohnung zu kommen.

„Möchtest du vielleicht wieder ein Stück Schokolade? Oder etwas Heißes zu trinken?"

Ich kann nicht glauben, was ich da gesagt habe. Ich biete einem tropfnassen fremden Kind, das mich darüber belehrt, welche Schuhe ich anzuziehen habe, an, in meine Wohnung zu kommen.

„Ja, gern. Weißt du, ich meine,…wissen Sie, mir ist nämlich kalt."

Das Kind schaute sie erfreut an, wurde aber sofort ernst und fiel zurück in seine Zaghaftigkeit, als es ihren missmutigen Gesichtsausdruck sah.

Vor ihrer Wohnungstür forderte sie es auf, seine Stiefel und seine Jacke auszuziehen. Bereitwillig legte es die Sachen ab und zum Vorschein kam ein sehr zartes Mädchen, das vielleicht noch nicht einmal sieben Jahre alt sein mochte.

„Wie alt bist du?"

„Acht."

Es trug ein dünnes himmelblaues Kleid ohne Ärmel. An den Füßen sah sie nasse rosa Söckchen. Das Wasser war wohl in seine Stiefel gelaufen.

„Deine Socken sind nass. Zieh sie aus. Ich gebe dir trockene."

Auch dieser Aufforderung folgte es.

Das Kind setzte sich auf den Fußboden und hatte Mühe, die an der Haut klebenden Strümpfe abzustreifen. Dabei zog es die Knie bis zum Kinn an. Schließlich rollten feuchte rosa Sockenkugeln über den Boden. Die blasse Haut der Füße war gerötet. An der Stelle, wo es auf dem Boden gesessen hatte, war ein glänzender Fleck.

Die Frau ging in ihr Schlafzimmer und holte ihm ein paar Strümpfe und einen warmen grauen Pullover. Das Kind zog beides ein wenig umständlich über. Der Pullover reichte ihm wie ein Kleid bis zu den Knien. Die Fersen der Socken hatte es fast bis zu den Waden hochgezogen.

Sein Anblick rührt mich. Offensichtlich ist es dazu bestimmt, stets mit zu großen Sachen herumzulaufen.

Im Gesicht der Frau zeigte sich die Andeutung eines Lächelns.

Ich fühle wahrhaftig eine vergessene Regung in meinem Gesicht. Dieses Lächeln löst eine Kette aus. Durch meinen Körper strömt, angefangen bei meinem Mund, eine sanfte Wärme. Das Gefühl ist so neu und doch alt vertraut.

Sie führte das Kind ins Wohnzimmer.
„Setz dich auf das Sofa."
Die Frau deckte es mit einer Wolldecke zu, stopfte sie um den schmalen Körper herum fest.
„Und? Ist es warm so? Wie heißt du eigentlich?"
„Eva. Und es ist schön warm."
„Was möchtest du trinken, Eva: Kakao oder einen Tee?"

„Kakao."

Was hätte ich auch anderes erwarten können?

Und über das kleine Gesicht breitete sich ein Strahlen aus. Es war nicht allein der Mund, der lachte, es war das ganze Gesicht. Das Mädchen, das Eva hieß, schaute sie nun völlig unbefangen an.
Die Frau ging in die Küche, setzte Teewasser auf und goss Milch in einen kleinen Topf, stellte ihn auf die Herdplatte.

Zum Glück habe ich Milch und Kakaopulver im Haus. Kakao für Eva… Das Kind hat einen schönen alten Namen.

Die Frau rührte die Schokolade an und goss Tee auf, füllte beide Getränke in Tassen, stellte sie auf ein Tablett und trug es ins Wohnzimmer.
Eva saß noch immer dort auf dem Sofa, umhüllt von der braunen Wolldecke. Es schaute sie mit runden Augen an und wieder strahlte es. Sie reichte ihm den Kakao.
„Vorsicht, er ist heiß. Gleich wird dir nicht mehr kalt sein."
„Mir ist schon jetzt nicht mehr kalt. Die Decke ist schön kuschelig warm."

Kuschelig warm… Ich wusste nicht mehr, dass eine Decke kuschelig sein kann. Ein schönes Wort. Warum gebraucht sie es? Es bedeutet mehr als weich. Es ist offenbar ein Wort des Glücks, des Wohlbefindens, und Eva gebraucht es mit großer Selbstverständlichkeit.

Das Kind trank vorsichtig von seinem Kakao. Die große Tasse wog schwer in seiner Hand. Es nahm die andere zu Hilfe. Dabei war sein Blick konzentriert und fast andächtig. Die Frau beobachtete es.

    Es schaute kurz auf und fragte sie:

    „Wie heißt du?"

Es duzt mich sowieso, da kann ich ihm gleich meinen Vornamen nennen.

„Barbara."

    „Barbara, ist dir auch kalt?"

    „Ja. Ich friere oft."

    „Die Decke ist groß. Du darfst ein bisschen abhaben."

    Es balancierte die Tasse mit einer Hand. Mit der anderen hob es einen Zipfel der Decke hoch, um ihr zu zeigen, dass noch Platz darunter war. Die Frau öffnete den Mund, um das Angebot abzulehnen.

Wie absurd. Ein fremdes Kind bietet mir Platz unter meiner eigenen Decke an.

    „Du kannst ruhig kommen. Es ist Platz für uns beide da."

    Eva schaute sie mit ernsten Augen an, und sie fühlte, wie aufrichtig ihr Angebot gemeint war. Sie stand auf, ging zu ihr hinüber, setzte sich zu ihr. Eva versuchte, sie mit der freien Hand zuzudecken. Dabei verschüttete sie fast ihren Kakao.

    „Ich mache es schon selbst. Gib du nur Acht auf deine Tasse."

Sie saßen nebeneinander, die Decke über den Schoß gebreitet. Die Frau, die Barbara hieß, war sorgsam darauf bedacht, nicht den Körper des Kindes zu berühren. Sie hielten ihre warmen Tassen mit ihrem duftenden Inhalt mit beiden Händen umfasst.

    Draußen regnete es.

Das monotone Geräusch begleitet diesen Augenblick wie einhüllende, besänfti-
gende Musik. Mein Gott, was mache ich hier?

Die Eltern dieses Kindes werden es suchen, und wenn sie erfahren, dass ich es
in meine Wohnung mitgenommen habe und mich gemeinsam mit ihm zudecke,
werden sie mich im schlimmsten Falle anzeigen. Das Kind allerdings sieht zufrie-
den aus und scheint diesen Moment zu genießen. Ich darf es jetzt nicht wegstoßen.
Jetzt, wo ich diese Nähe zugelassen habe.

„Sicherlich suchen dich deine Eltern schon, nicht wahr? Draußen wird es
dunkel."
   „Nein, meine Mami sucht mich nicht."
   „Woher willst du das so genau wissen?"
   „Weil sie auf dem Sofa liegt."
   „Schläft sie denn schon?"
   „Nein. Sie liegt nur auf dem Sofa."
   „Also ist sie krank?"
   „Nein."

Bisher sah sie mich offenherzig an, aber jetzt schaut sie an mir vorbei. Ihre Miene
ist ernst. Ich wundere mich über den Ausdruck in ihren Augen. Es sind die Augen
eines Kindes, mit langen hellen Wimpern. Aber in ihnen liegt eine Tiefe, die mich
verstummen lässt.

Eine Zeitlang später fragte sie Eva:
   „Sicherlich wirst du deiner Mami erzählen, dass du bei mir zu Besuch
warst."
   „Nein, ich glaube nicht. Aber darf ich dich noch mal besuchen, Barbara?"
   Noch ehe sie nachgedacht hatte, sagte sie: „Ja". Und sie fügte auch noch
„Sehr gern" hinzu.

Dieses Kind verleitet mich zu Worten und Taten, die ich nicht bedacht habe.
Dabei bin ich doch mit den Jahren misstrauisch geworden, wäge alles, was ich
tue, sorgsam ab, entscheide mich zumeist gegen Handlungen, deren Ergebnis ich
nicht abzuschätzen weiß.

Aber jetzt ist es anders. Das verunsichert mich. Ich bin ein unglücklicher

Mensch, gewiss. Aber ich habe mich in meinem Unglück und meiner Einsamkeit eingerichtet wie in einer dunklen Wohnung. Ich finde mich darin zurecht, weiß, was mich erwartet, fühle mich sicher.

Wenn die Kleine noch einmal kommt, wird sie mich wieder überraschen, mit ihrer nassen Kleidung, ihrer Anwesenheit, ihren Fragen, ihren Einfällen. Heute hat sie mich unter die Wolldecke gelockt.

Was wird sie morgen tun?

*

Das Mädchen war nach Hause gegangen.

Ich nehme es jedenfalls an, denn sie hat meine Wohnung verlassen, wieder bekleidet mit ihrem Regenzeug, und hat mir versichert, dass sie „immer so lange draußen sein darf".

Ich bin nicht verantwortlich für dieses Kind. Aber ich muss zugeben, dass es mich ein wenig beunruhigt, ein so kleines Mädchen bei einbrechender Dunkelheit ins Freie zu schicken.

Barbara bereitete sich ihr Abendessen zu, setzte sich mit dem Teller auf das Sofa und schaltete den Fernseher ein.

Das Essen bereitet mir keinen Genuss, nehme kaum wahr, was ich esse, fülle meinen Magen. Ich wiege mich schon lange nicht mehr, aber ich fühle und sehe auch im unseligen Spiegel, dass ich langsam, aber stetig zunehme.

Die Sendung im Fernseher nehme ich nicht auf, schaue auf den Bildschirm, aber sehe in Wahrheit ganz andere Bilder. Ich kenne das. Es ist mir nicht fremd. Aber heute schleicht sich in die dunkle Wohnung meiner Gedanken ein schmales blasses Gesicht mit wissenden Augen, kleine Hände, die konzentriert eine Tasse festhalten, ein kleiner gespitzter Mund, der behutsam auf die Oberfläche des Kakaos pustet, um ihn zu kühlen.

Neben mir ist Eva mit ihrer zarten, zerbrechlichen Gestalt noch gegenwärtig.

Barbara schaute zur Seite auf die Sitzfläche des Sofas. Dann glitt ihr Blick hinüber zu der inzwischen wieder ordentlich gefalteten Decke und sie griff danach. Sie hob ihren Teller an, entfaltete die Decke und zog sie über ihren Schoß.

Eigentlich ist mir nicht mehr kalt. Aber die Wärme der Decke bewirkt, dass auch das innere Frösteln, das mich schon so lange quält, nachlässt. Wahrscheinlich liegt es daran, dass die Decke nicht nur warm, vielmehr auch so schön kuschelig ist.

Am nächsten Morgen öffnete Barbara die Augen, noch bevor der Wecker sie aus dem Schlaf reißen konnte.

Ich bin lustlos wie jeden Morgen. Früher mochte ich die Morgensendungen im Rundfunk. Heute schweigt das Radio und das ist gut so. Ich ertrage die Musik nicht und das stets gut aufgelegte Geplauder der Moderatoren. Meine Unterhaltung sind meine Gedanken, sind die Gespräche, die ich mit mir selber führe.

Sie bereitete sich ihr Frühstück zu, kochte Kaffee. Es war still, stiller, als es am Tag zuvor war.

Ich bin müde, wie ich es immer bin, aber frage mich, welche Geräusche heute nicht da sind.

Sie blickte aus dem Fenster. Der Himmel war noch immer verhangen, aber da bemerkte sie es: Der Regen hatte aufgehört. Nach wochenlangen Güssen hatte der Himmel zumindest für diesen Augenblick seine Schleusen geschlossen.
  Sie schaltete das Radio ein, erwartete das Gutelauneammorgengeplapper, das ihr zuwider war, hörte aber stattdessen leichte, schwingende Musik.

Erträglich.

Sie ging ins Bad, verrichtete ihre Morgentoilette, vermied den Blick in den Spiegel. Denn das, was sie dort gesehen hätte, erfreute sie nicht.

Es wäre ein Gesicht, das nicht nur stetig älter wird, es wäre auch ein Gesicht, das mit seinem Ausdruck den anbrechenden Tag, noch bevor er richtig begonnen hat, zum trübsinnigen Ereignis verurteilte. Es genügt schon, dass ich nichts Gutes erwarte.
  Ich muss es nicht noch in meinem Gesicht geschrieben sehen, mit fahler Haut und Runzeln, die wie zur Kreismitte auf meinen Mund zulaufen, mit aufeinander

gepressten Lippen und Mundwinkeln, die nach unten weisen, Merkmale, die wie die Schrift auf einer Buchseite, endgültig und unauslöschlich zu sein scheinen.

Barbara nahm den Spiegel ab und brachte ihn in die Abstellkammer, stellte ihn mit der Glasseite an die Wand. Sie ging zurück ins Bad. Statt des Spiegels blickte sie nun auf einen hässlichen Schmutzrand.

Ich sehe mein Gesicht noch immer an der Wand. Zu oft habe ich ihm am Morgen an dieser Stelle gegenübergestanden. Jetzt ist es eingerahmt von Schmutz, das Bildnis einer Frau, die ihr Leben verloren hat. Meine Augen brennen. Warum weinen? Verlorenes und Versäumtes kommt nicht wieder, auch dann nicht, wenn wir tausend Tränen weinen.

Sie holte einen Lappen und ein Reinigungsmittel, wusch die Kacheln ab, bis sie glänzten. Jede Spur, die darauf hinwies, dass an dieser Stelle ein Spiegel hing, war verschwunden.

In der Küche hörte sie den Beginn der Nachrichten.

Natürlich hat sich nichts Gutes in der Welt ereignet.

Ich habe das Gefühl, dass alles sich im Kreise dreht: die Welt und ihre Schaubühnen ein einziges, niemals anhaltendes, riesenhaftes Karussell, Stoff, aus dem meine ruhelosen Träume gemacht sein könnten, Träume ohne Flügel, gefangen und angebunden, wie ein Tier, das sich immerzu um seine Achse dreht, in dem Bestreben, sich zu befreien, das irgendwann aufgibt, verharrt, wartet, dem Schmerz seines Gefangenseins nachspürt, um schließlich sein Rundlaufen von Neuem aufzunehmen.

Am Ende der Nachrichten hörte sie die Wettervorhersage. Sie bestätigte nichts anderes als das, was sie schon aus ihrem Fenster sehen konnte: Der Regen hatte ein Ende. Die Flüsse führten Hochwasser. Vielerorts gab es Überschwemmungen. Zahlreiche Menschen hatten ihre Wohnungen und Häuser verlassen müssen.

Mein Herz fühlt kein Mitleid.

Barbara öffnete das Fenster, schaute nach draußen und atmete die feuchte Morgenluft. Sie streckte die Hand aus und in diesem Augenblick fiel ein einzelner Wassertropfen hoch oben von der Dachrinne in ihre Handfläche. Er fühlte sich kühl an und sah aus wie eine gläserne Perle, aber zerfloss sofort auf ihrer Haut.

*

Am Nachmittag kam sie zur gewohnten Zeit von der Arbeit nach Hause. Alle hatten über das Wetter geredet, darüber, dass der Regen nun endlich aufgehört hatte.

Ich kann nicht verstehen, warum das so wichtig sein soll. Was ist anders, wenn es nicht regnet? Ein Tag reiht sich an den nächsten, eine Woche folgt der vorhergehenden, ein Jahr vergeht wie auch alle zuvor vergangen sind. Ganz gleich, ob es regnet, schneit oder trocken ist, wir sammeln die Tage, Wochen und Jahre, um sie gleich hinter uns zu lassen. Welche Rolle spielt es schon, welches Wetter wir haben?

Auf der Treppe ihrer Haustür saß das Kind.

Gut, ich muss zugeben, wenn es nicht regnet, kann man auf einer Treppenstufe sitzen.

Eva hatte ein Stöckchen in der Hand, malte gedankenverloren irgendwelche Figuren auf den Boden. Sie sah die Frau noch nicht.
    Barbara ging auf das Mädchen zu. Da hob es den Kopf. Sie sah sofort, dass seine Augen gerötet waren, aber es lächelte. Es war nicht das strahlende Lachen, das sie gestern bei ihm gesehen hatte, aber es lächelte.

Es ist so lange her, dass ich auf eine solche Weise empfangen wurde. Ich kann nicht leugnen, dass es mich freut.

„Guten Tag, Eva. Was machst du hier auf der kalten Treppe?"
    „Ich habe auf dich gewartet."

Es ist zwecklos. Sie kann sich nicht merken, dass Erwachsene gesiezt werden müssen. Aber sie hat auf mich gewartet. Statt mit anderen Kindern zu spielen, wartet sie auf mich griesgrämige Frau.

„Darf ich noch einmal zu dir kommen, Barbara?"

Das Kind saß noch immer auf der Stufe, schaute zu ihr auf. Sie konnte sich diesem Blick nicht entziehen. Noch bevor sie antwortete, war ihr klar, dass sie ja sagen würde.

Kurze Zeit später stand sie in der Küche und öffnete eine Packung Kekse, legte sie auf einen Teller und goss Saft in zwei Gläser. Eva stand daneben und schaute ihr zu.

Sie trug wieder ihr dünnes Kleidchen, darüber einen hellblauen schmuddeligen Baumwollpullover, der ihr dieses Mal zu klein war. An den Füßen sah Barbara schmutzige Söckchen in Sandalen. Diese schienen ihr wirklich zu passen.

Ich fürchte, es sind dieselben Socken von gestern. Sie müsste wärmer gekleidet werden. Es ist zwar Sommer, aber bisher nur auf dem Kalender. Sie könnte krank werden.

Wenn es mein Kind wäre, würde ich besser für es sorgen. Aber es ist nicht mein Kind.

Sie wollte sich mit dem Mädchen an den kleinen Küchentisch setzen, aber es stand nur ein Stuhl am Tisch.

Ich bin für Besucher nicht eingerichtet.

Sie ging ins Wohnzimmer, um einen zweiten zu holen.

Als sie zurückkam, hatte sich etwas verändert. Sie brauchte einen Moment, um zu erkennen, was es war. Alle Farben in der Küche waren kräftiger, wirkten bunter. Es war deutlich heller. Das Sonnenlicht schien durch die Fensterscheiben und das traf sie so überraschend, dass sie sofort hinausschaute. Die dichten Wolken hatten sich aufgelockert, an ihren Rändern erschien ein leuchtend blauer Himmel und die Sonne mit einer Helligkeit, dass es die Augen blendete.

„Schau doch! Die Sonne scheint wieder! Ich wusste doch, dass sie wieder kommt!"

Ich wusste doch, dass sie wieder kommt. Welche Feststellung. Eva hat den Sonnenschein nicht vergessen. Nicht so wie ich, die den Regen bereits als festen Bestandteil ihres Lebens, als unveränderlich damit verbunden, betrachtet hatte.

Barbara wollte am Tisch Platz nehmen.
„Nein! Lass uns auf dem Balkon sitzen. Dort, wo mein Ball hingefallen war."

Sie scheint sich ganz zu Hause zu fühlen. So sind Kinder. Ich habe es ja gewusst: Man gibt ihnen die Hand und sie wollen gleich den ganzen Arm. Der Balkon ist für mich nicht mehr existent. Aber er kostet mich Geld, das ich verdienen muss, und da kann man ihn wohl dieses eine Mal nutzen.

Sie stellten das Küchentischchen hinaus, ebenso die Stühle, die Kekse, den Saft.

Welch ein Aufwand.
Eine Nachbarin schräg unter mir tritt mit einer Gieskanne in der Hand heraus und beginnt die Pflanzen in den Balkonkästen zu wässern. Dabei teilt sie mit der anderen Hand die Blumen, um das Wasser nicht über die Blüten zu gießen, verrichtet diese Arbeit sehr konzentriert. Sie zupft verwelkte Blüten ab und legt sie neben sich auf einen Tisch.
Ich glaube zu hören, dass sie leise dabei summt.
Mich gähnt die grau starrende Leere meiner Blumenkästen an. Die eisernen Klammern halten sie fest, als könnten sie versuchen, diesen Ort zu verlassen.

Eva und Barbara saßen im Freien, knabberten ihre Plätzchen.

Die Sonne bewirkt, dass ein einziges heftiges Frösteln über meinen Rücken rieselt, und nun nimmt er die Wärme auf. Es ist ein angenehmes Gefühl.

Eva aß mit Vorliebe alle Kekse, die mit Schokolade überzogen waren. Das kleine Gesicht zur Sonne gerichtet, kniff sie die Augen zu. Sie hatte winzige Sommersprossenpünktchen auf ihrer Nase. Das Haar reichte ihr über die Schultern, war rötlichblond und ganz zerzaust.

Offensichtlich ist ihr Haar schon lange nicht mehr gekämmt und geschnitten worden.

Es war warm. Das Mädchen zog seinen Pullover über den Kopf und legte ihn zerknüllt auf den Tisch gleich neben die Kakaotasse. Evas Arme waren sehr dünn und ihre gesamte Haut blass, noch nicht einmal rosig. Allein ihre Wangen röteten sich ein wenig.

Sie ließ die Blicke in alle Richtungen schweifen, war neugierig, was es vom Balkon aus zu sehen gab. Sie bemerkte nicht, dass Barbara sie verstohlen betrachtete.

Auf ihren Armen hat sie blassbunte Flecken. Sie sehen aus wie sich zurückbildende blaue Druckstellen. Böse Gedanken gehen mir durch den Kopf. Mir wird übel.

„Hast du dich gestoßen, Eva?"

Barbara deutete auf ihre Arme. Die Augen des Kindes blickten auf die Flecke und wieder sah sie einen Ernst in seinem Gesicht, der nicht zu seinem Alter passte.

„Schau nur, ein Eichhörnchen dort in dem Baum!"

Eva sprang auf und deutete aufgeregt auf eine Stelle in der gegenüber liegenden Baumkrone. Ein Eichhörnchen sprang behände und flink den Stamm hinauf und war schließlich in den Blättern verschwunden.

„Oh, wie war das niedlich! Schade, dass es schon weg ist. Ich glaube, es hat sich versteckt. Wo es wohl wohnt?"

Ja, Eva. Ich wusste nicht, dass ich von meinem Balkon aus Eichhörnchen beobachten kann. Und ich hatte auch nicht daran gedacht, dass der Balkon ein Logenplatz beim Konzert der Vögel ist.

Barbara schloss die Augen, lehnte sich zurück, wandte der Sonne ihr Gesicht zu.

Wenn ich jetzt nicht aufstehe und hineingehe, wird sie direkt in mein Herz scheinen.

„Warum hast du keine Blumen auf deinem Balkon? Ich finde, du solltest schöne, bunte Blumen haben."

Ja, warum nicht? Ich weiß nicht, warum.
  Alle Gründe, die ich hatte, verstehe ich in diesem Augenblick nicht mehr. Jeder Moment scheint seine eigene Wahrheit zu haben. Und in dieser Minute, in dieser Stunde hätte ich Blumen haben sollen.
  Ja, du hast Recht, kleine Eva.

Am Abend verließ Eva Barbara, um nach Hause zu gehen.

Meine gewohnte Traurigkeit umfängt mich wieder, aber ich spüre Evas Gegenwart in allen Räumen der Wohnung wie die Wärme, die ein Sonnenstrahl auf meiner Haut hinterlassen hat.
  Ich trete noch einmal auf den Balkon.
  Die Blätter der Baumkrone auf der gegenüber liegenden Seite rascheln leise im leichten Abendwind, und ich überlege, wo im Augenblick das Eichhörnchen sein könnte.
  Ich hole mir wieder einen Stuhl zurück, setze mich und lasse die Entspannung in meinen Schultern zu. Mein Blick geht hinaus in die Abenddämmerung und ganz allmählich lösen sich Tränen aus meinen Augen.

Vor drei Tagen war ihr Eva begegnet.

Jetzt befand sich Barbara auf dem Nachhauseweg von ihrer Arbeitsstelle. Sie dachte an das Kind.

Zwischen diesem Mädchen und mir hat sich nur Unerhebliches ereignet. Wir haben kaum miteinander gesprochen. Und dennoch: Eva hat einen Platz in meinem Leben eingenommen, mit ihren ernsten Kinderaugen, ihrem ungekämmten Haar, ihren viel zu großen Kleidern, ihrer Freude an kleinen bunten Bällen, Kakao, Plätzchen und meiner Wolldecke.

Die Trübsal, in der ich mich so häuslich eingerichtet habe, hat feine Risse bekommen, und durch diese Risse schimmert es bunt.

Ich kannte Eva nicht, weiß noch nicht einmal, wo sie wohnt. Ich kenne ihre Eltern nicht, weiß nicht, ob sie Geschwister hat, noch habe ich jemals etwas von dieser Familie gehört. Sie muss in der Nachbarschaft wohnen, sonst hätte Eva nicht in der Nähe meines Balkons mit ihrem Ball gespielt.

Meine Kenntnisse über sie sind spärlich. Dennoch stelle ich fest, dass ich an Eva denke. Ob sie auch heute kommt? Oder wird ihr Ball in den Garten anderer Leute fallen?

Barbara schloss ihr Auto ab und ging zur Tür, die Hausschlüssel in der Hand. Kein Kind saß auf der Treppenstufe, aber sie sah stattdessen einen Gegenstand vor der Tür liegen. Sie kam näher und erkannte einen Blumenstrauß mit vielen Gräsern darin, ungleichmäßig lang von einer Wiese gepflückt, teilweise mit Wurzeln daran. Die Stiele waren etwas auseinander gefallen und fast alle Blumen ließen die Köpfe hängen.

Wer weiß, wie lange sie hier schon liegen. Ein Wunder, dass keiner meiner Nachbarn sie weggeworfen hat.

Sie hob die Blumen auf.

Ich zögere nicht einen Augenblick, denn ich weiß, dass sie von Eva und dass sie für mich bestimmt sind.

Dabei fiel ein kleines Stückchen Papier herunter, das unter den Blumen gelegen hatte. Sie hob es auf. Es war ein abgerissenes Stück irgendeiner Papiertüte und in einer ungelenken Kinderhandschrift beschrieben:

Tut mir leid, ich kann heute nicht kommen. Die Blümchen sind für deinen Balkon. Ich habe sie gepflückt. Freust du dich? Vielleicht komme ich morgen.

Schöne Grüße, Eva.

Ich danke dir, kleine Eva.

In der Wohnung angekommen, nahm Barbara eine Vase aus dem Schrank, füllte sie mit Wasser, schnitt die Stiele der Blumen etwas kürzer und stellte sie hinein.

Sie holte die Balkonmöbel aus dem Keller, in den sie sie vor zwei Jahren verbannt hatte, befreite sie vom Staub der Jahre und stellte die Vase auf den Tisch. Evas Briefchen lehnte sie dagegen.

Sie setzte sich hin, streckte ihre Beine aus, betrachtete Evas Geschenk und lächelte.

Ja, ich lächle.

Du, kleines Mädchen, hast bei mir angeschellt und in meinem dunklen Haus ein winziges Fenster geöffnet. Und plötzlich ist alles, was sich in diesem Haus befindet, in ein klein wenig Licht getaucht.

Ich freue mich auf morgen, Eva, freue mich auf deinen Besuch.

Die Frau schlug die Augen auf.

Durch den groben Stoff der zugezogenen Vorhänge drang das Morgenlicht. In der Nacht hatte es noch einmal geregnet, aber jetzt schien es wahrhaftig aufgehört zu haben.

Sie schloss wieder die Augen. Es war Wochenende.

Seit langem stellt dieses Wort für mich keine Verlockung mehr dar. Zuviel Zeit des Untätigseins, zu viel Zeit für Erinnerungen, zu viel Zeit des Wartens auf einen Wochenanfang, der mir keine Freude bereiten wird.

Heute ist es anders. Ich stelle mir die Wärme der Sonne in meinem Gesicht vor und ich erwarte Eva.

Barbara stand auf, öffnete die Vorhänge und das Fenster.

Die Sonne stand jetzt in der Frühe zwar noch tief, aber gleißend hell am Himmel und entwickelte eine Kraft, die sie erstaunte.

So weit ist sie vom Erdball entfernt. Eine Entfernung, die ich mir kaum vorstellen kann, und dennoch empfangen wir ihre Strahlen. Strahlen, die genau wie der Regen das Leben auf dieser Erde ermöglichen, auch das meinige.

Das Kind hatte an diesem Tag keine Schule.

Vielleicht kommt es schon heute Morgen?

Was tue ich nur? Ich warte auf ein mir unbekanntes Kind, das jederzeit einem Impuls folgend, sich anders entscheiden könnte. Vielleicht hat es Freundinnen, die es zum Spielen abholen. Vielleicht darf es aus irgendeinem Grund die Wohnung nicht verlassen. Vielleicht ist ihm meine Gesellschaft langweilig.

Angst erfasste sie.

Mir wird bewusst, dass meine gute Stimmung mit der Freude auf die Kleine zusammenhängt. Wie zerbrechlich diese Freude ist!

Wenn Eva nicht kommt, werden mich meine vertrauten düsteren Gedanken einholen, vielleicht schlimmer als zuvor. Sie lauern bereits irgendwo in den Tiefen.

Barbara öffnete die Balkontür.

Der Balkon lag im Westen, und daher empfing sie noch Schatten und eine feuchte Kühle, die der wochenlange Regen hinterlassen hatte. Sie betrachtete die Blümchen, die jetzt alle ihre Blüten aufgerichtet hatten.

Ich will dies als ein Zeichen betrachten für das Versprechen, das Eva halten wird.

Noch einmal nahm sie das Zettelchen in die Hand und las es.

Ich will nicht zweifeln. Sie wird kommen.

Sie stellte die Zutaten ihres Frühstücks auf ein Tablett und trug es auf den Balkon.

Mir ist, als würde ein Frühstück im Freien Eva herbei locken können.

Sie schenkte sich Kaffee ein und betrachtete die glänzende Feuchtigkeit auf den unzähligen hellgrünen Blättern des gegenüber liegenden Baumes. Er stand so nah, dass sie einen seiner wippenden Zweige berühren könnte, der noch schwer vom Regen war. Im Laufe des Tages würden Sonne und Wind alle Blätter trocknen.

„Hallo, bist du da?"

Barbara hörte eine Stimme, eine dünne Kinderstimme, die „Hallo" rief und wieder:

„Hallo, Barbara!"

Sie stand auf, schaute über das Balkongeländer.

Da stand das Kind in der grünen feuchten Wiese. Wieder dasselbe Kleid, barfuss in seinen Sandalen, blickte es zu ihr herauf und lachte, als es die Frau erkannte.

„Du konntest mich doch gar nicht sehen. Woher weißt du, dass ich auf dem Balkon bin?"

„Ich wusste es einfach. Es hatte dir doch gestern so gut darauf gefallen."

Ich äußerte niemals, dass es mir gefallen hatte.

Eva saß an ihrem Tisch. Sie hatte einen Teller vor sich stehen und jetzt bestrich sie eine Scheibe Brot mit Butter. Ihre Bewegungen waren noch ein wenig ungelenk. Das Messer rutschte immer wieder ab und Butter landete auf dem Tellerrand. Sie konzentrierte sich auf ihre Arbeit und streckte dabei ein bisschen die Zungenspitze hervor.

Als der Honig vom Löffel herunter auf das Brot tropfte, lachte sie und warf Barbara einen schnellen Blick zu.

„Schau nur, der Honig sieht aus wie Gold."

Eva verspeiste ihr Brot und fragte mit kauendem Mund:

„Hast du dich über meine Blümchen gefreut?"

„Ja sehr, Eva. Beinahe wären sie verwelkt. Sie brauchten unbedingt Wasser."

„Jetzt sind sie wieder schön, nicht wahr?"

Barbara nickte.

„In welcher Klasse bist du, Eva? Du kannst schon sehr gut schreiben."

„In der zweiten."

Das Mädchen sah stolz aus.

„Wo wohnst du eigentlich?"

Es sprang auf und deutete mit dem ganzen Arm in südwestliche Richtung:

„Hinter den vielen Bäumen, das gelbe Haus. Ich wohne in der zweiten Etage."

„Hast du Geschwister, Eva?"

Sie kaute, beeilte sich hinunter zu schlucken und antwortete lächelnd:

„Einen großen Bruder und eine kleine Schwester. Sie ist noch ein Baby."

„Das ist aber schön. Wie heißen denn die beiden?"

„Mein Bruder heißt Julian und meine Schwester Pia."

„Da seid ihr ja eine große Familie. Dein Papa muss sicherlich viel arbeiten, um euch satt zu kriegen."

Ich habe das Falsche gesagt.

Die Fröhlichkeit wich aus Evas Gesicht und ihr Blick schweifte wieder zu irgendeinem Punkt in der Ferne. Dennoch antwortete sie ihr:

„Mein Papa ist weggegangen", und sofort danach:

"Was wollen wir heute machen?"

Es gibt Dinge, über die sie nicht sprechen will oder kann.

Ich verstehe dich, Eva. Auch ich habe tief in mir Dinge verborgen, über die ich nicht sprechen kann. Hab keine Angst. Ich rühre nicht daran. Doch wenn du sie mir erzählen willst, werde ich dir zuhören. Das verspreche ich dir.

Sie beratschlagten, was sie heute machen könnten, und waren sich schnell einig: Es sollte ein Spaziergang sein. Ein Spaziergang im Sonnenschein zu einem kleinen See, der nicht weit von ihnen entfernt war. Sie wollten picknicken und es würde wunderschön werden.

Ganz sicher, es wird wunderschön sein.

*

Wenige Stunden später stand das Kind neben Barbara und verfolgte mit erwartungsvoller Freude die Vorbereitungen des Picknicks. Zu jedem Gegenstand, zu jeder Speise hatte es einen Kommentar.

„Dies mag ich besonders gerne" und „Wie schön, das du auch Kuchen mitnimmst"… Es plapperte unaufhörlich und half, wo es konnte.

Schließlich war der Korb gepackt und Eva brannte darauf, loszugehen. Barbara zögerte noch.

Ich kann das Kind nicht mitnehmen, ohne die Mutter um Erlaubnis gefragt zu haben.

„Eva, ich kann dich nicht einfach so mitnehmen. Du musst deine Mutter fragen, ob sie es erlaubt."

Sie sah enttäuscht aus, dachte einen Moment nach, dann sagte sie:

„Warte einen bisschen. Ich bin gleich wieder da."

Sie huschte zur Tür hinaus und lief mit leichten Schritten die Treppe hinunter. Barbara setzte sich hin und wartete.

Es waren keine fünfzehn Minuten vergangen bis es schellte.

Das Kind kam die Treppe herauf gerannt. Ganz außer Atem verkündete es:

„Ich darf mit!"

„Was hat denn deine Mutter gesagt? Will sie nicht wissen, wer ich bin?"

„Nein. Sie hat gesagt, ich solle ruhig gehen und mich gut amüsieren."

„Amüsieren hat sie gesagt? Vielleicht wäre deine Mutter auch gern mitgegangen?"

Ich möchte mit Eva allein gehen. Aber es könnte sein, dass sie auf diese Weise etwas über ihre Mutter preisgibt.

„Nein. Das kann sie nicht."

„Warum nicht?"

„Sie liegt wieder auf dem Sofa und dann macht sie gar nichts."

„Warum nicht, Eva?"

Barbara fragte sehr vorsichtig und wagte nicht, sie direkt anzusehen.

Dieses Mal antwortete sie ihr:

„Immer, wenn Mami ihre Medizin getrunken hat, bleibt sie auf dem Sofa. Ich kann dann hingehen, wohin ich will."

„Also ist deine Mami doch krank."

„Eigentlich nicht. Sie nennt die großen Flaschen bloß Medizin. Aber ich weiß, dass Medizin in kleinen Flaschen ist."

In den traurigen Ernst ihrer Stimme mischt sich etwas Trotz. Armes Kind.
Sie erzählte, sie habe eine kleine Schwester, die noch ein Baby sei. Wie mag ihre Mutter dieses kleine Kind versorgen?

Barbara fragte nichts mehr, und Eva machte ihr ohnehin deutlich, dass sie nicht mehr erzählen wollte. Sie freute sich auf ihren kleinen Ausflug und hüpfte vor ihr her.

Sie verließen das Haus, fassten jeder rechts und links den Henkel des Korbs und schlugen einen Fußweg in Richtung See ein.

Die Sonne scheint uns ins Gesicht, berührt mit ihrer wärmenden Kraft unsere nackten Arme und Beine. Wir hören das Summen und Zirpen der Insekten, dazwischen unterschiedlichste Vogelstimmen, die einander antworten. Es ist die heitere Melodie des Sommers, die ich nach langer Zeit wieder zu hören vermag.

Ich staune darüber, wie tief ich diesen Augenblick in mich aufnehme, wie Wasser, das eine durstige Kehle herunter rinnt, mich tragen lasse von diesem herrlichen Sommertag mit seinen in der Sonne flirrenden Farben, obwohl ich weiß, dass auch dieser Augenblick irgendwann vergangen sein wird.

Wenn ich glaube, an der Trostlosigkeit meines Lebens ersticken zu müssen, hilft mir der Gedanke, dass irgendwann alles vorbei ist. Denn nichts dauert ewig, alles muss irgendwann enden, jeder Schmerz, jedes Glück, jede Liebe, jedes Leben. Darum wird auch dieser Augenblick vergehen mit seiner wundersamen Kraft, seiner Schönheit.

Auch dieses Kind wird mit seiner Leichtigkeit und seiner Unbefangenheit irgendwann nicht mehr an meiner Seite sein.

Vielleicht schon Morgen nicht mehr.

Sie erreichten den See.

Es war noch früh am Nachmittag, und außer einem alten Mann, der in seine Gedanken versunken auf seinen Stock gestützt am Ufer stand und auf das Wasser blickte, war niemand zu sehen.

Sie breiteten ihre Decke auf einem kleinen Wiesenstück aus, nur wenige Meter vom Ufer entfernt setzten sie sich und schauten über das Wasser. Es kräuselte sich in sanften silberfarbenen Wellen. Das Sonnenlicht zauberte blitzende Leuchtpunkte auf die Oberfläche.

Leise und sacht plätscherte das Wasser an die Ufer. An den Rändern war der See teilweise gesäumt von Schilf und angehäuften Steinen.

Ohne sie berührt zu haben, weiß ich, dass sie warm, wenn nicht sogar heiß von der Sonne sind.

Sie packten ihre mitgebrachten Schätze aus. Das Kind war begeistert. Es lobte jede Speise, aß und trank mit sichtbarem Genuss.

„So ein schönes Essen hatte ich noch nie", verkündete es kauend.

Ich lächele es an und erfreue mich an seinem Appetit, an seiner leichten, uneingeschränkten Heiterkeit.

Es legte sein Stück Kuchen auf den Teller und sprang auf.

„Schau nur, dort sind Enten. Sie schwimmen genau auf uns zu. Darf ich sie füttern?"

Barbara gab ihm eine Brotscheibe. Mit dem Brot in der Hand lief es zum Ufer, bröckelte ein wenig ab und warf es den Enten zu. Die Krümel flogen nicht weit. Dennoch schwammen die Enten nach anfänglichem Zögern darauf zu und schnappten danach. Eva lachte hell und hüpfte von einem Bein auf das andere.

Sie krümelte das Brot, warf es den Enten zu, und kurze Zeit später waren alle vor ihr versammelt und stritten sich um die Brocken. Eva war sehr aufgeregt, holte noch eine weitere Scheibe und staunte darüber, wie schnell auch diese von den Enten verspeist wurde.

Dann setzte sie sich hin und sprach mit den Tieren.

Ich kann die Kleine nicht verstehen, denn ihre Stimme ist leise, aber es klingt, als würde sie mit Menschen sprechen.

Mit einem Mal stockte Eva.

Sie blickte auf ihren Arm, verharrte ganz still, schob sehr bedächtig einen Zeigefinger über die Haut ihres Armes, reckte den Finger vorsichtig empor und betrachtete mit stillem Lächeln das, was da auf ihrem Finger saß.

Langsam stand sie auf, hielt dabei den Finger gestreckt und ging auf Barbara zu. Die erkannte es nun auch.

Auf der Fingerspitze Evas saß ein Insekt. Als sie vor ihr stand, sah Barbara, dass es ein Marienkäfer war.

„Schau nur, Barbara, er hat sechs Punkte, auf jeder Seite drei Stück. Er ist so süß. Gib deinen Finger. Er krabbelt zu dir rüber."

Das Mädchen hob einen Finger und hielt ihn behutsam an den Barbaras und tatsächlich: Zur Freude Evas wechselte der kleine, leuchtend rote Käfer mit unzähligen raschen Schrittchen seiner winzig kleinen Beinchen auf den Finger Barbaras. Sie betrachtete ihn.

Sein Anblick und das kaum wahrnehmbare Gewicht seines kleinen Körpers kitzelt meine Haut und weckt Erinnerungen an meine Kinderzeit: der entzückte Ruf, wenn wir ein Krabbeltierchen entdeckten und unsere behutsamen Versuche, es auf unsere Hände zu locken und dann schließlich, so wie heute, auch wenn wir noch so bewegungslos bleiben, breitet der kleine Käfer seine Flügelchen aus und nichts kann ihn mehr halten.
Er fliegt davon und wir schauen ihm seufzend nach und freuen uns, dass er für diesen kurzen Augenblick auf unseren Händen Platz genommen hatte.

„Der war süß, nicht wahr?"
Eva strahlte und ihr Gesicht leuchtete im Einklang mit der Sonne.

Ja, kleine Eva, das war er, vollkommen und bezaubernd in seiner Winzigkeit. Leicht kann man ihn übersehen, aber du schenkst ihm deine ganze Aufmerksamkeit.

Der Blick des Kindes verweilte noch einen Augenblick suchend in der Richtung, in der der Käfer verschwunden war, und dann schaute es wieder zum See.
„Ich möchte gern in das Wasser."
„Das geht nicht, Eva. Es ist zu tief, und außerdem ist es nicht erlaubt, in diesem See zu schwimmen."
Eva überlegte einen Augenblick.
„Aber mit den Füßen darf ich sicherlich hinein."
Barbara widersprach nicht. Schon hatte Eva die Sandalen ausgezogen, kletterte auf einen der größeren Steine, setzte sich hin und dann ließ sie ihre nackten Füße ins Wasser baumeln.
„Ist das kalt! Aber so schön!"
Sie schüttelte sich, bewegte die Füße leicht hin und her und planschte ein wenig. Ihre Hände stützte sie rechts und links ihres Körpers auf den Stein, und wieder sprach sie mit den Enten, die sich noch immer in Ufernähe tummelten. Sie wandte Barbara den Blick zu, lachte sie an.

„Komm auch! Es ist ganz schön."

Lange Zeit könnte ich hier auf dieser weichen Wiese sitzen bleiben. Es gefällt mir, Eva zu beobachten. Ihre Körperhaltung, ihr Lachen, ihre Stimme drücken ihr Glück aus.

Aber sie hat, so jung sie auch ist, großen Kummer, einen Kummer, dem sie ausgeliefert ist, dem sie nur ihren kindlichen Optimismus entgegensetzen kann. Sie trägt an einer Last, die nach und nach das Licht ihrer Freude am Leben trüben, wenn nicht sogar auslöschen wird. Heute jedoch ist sie glücklich, glücklich in diesem kleinen Augenblick ihres Lebens. Sie genießt ihn, als gäbe es nur diesen einen Moment, als würden keine anderen bitteren folgen. Und sie möchte mich teilhaben lassen.

Barbara stand auf und kletterte auf den Stein. Er war schon fast zu heiß.

Eva rückte ein wenig zur Seite und Barbara nahm neben ihr Platz, zog ihre Schuhe aus und tauchte die Füße ins Wasser.

Es ist kühl und weich. Ein Schauer geht über meinen Rücken. Ein wohliger Schauer, der mich nicht frieren lässt.

Sie bewegte die Füße sacht.

Wieder strömt ein kribbelndes Gefühl meinem Herzen zu und von dort erreicht es schließlich meine Augen. Sie brennen und füllen sich mit Tränen.

„Weinst du?"
Das Kind sah Barbara mit besorgter Miene an.

Erwachsene wären peinlich berührt. Aber dieses Kind schaut mich ohne Befangenheit an.

„Ja, ich weine, Eva. Aber keine Sorge, ich weine, weil ich mich so sehr freue, mit dir hier zu sein."
Diese Antwort verstand sie. Sie nickte zufrieden und wandte wieder ihre Aufmerksamkeit den Enten zu.

„Sieh nur, sie stecken ihren Kopf ganz tief ins Wasser und dann guckt nur das Schwänzchen raus! Das sieht sehr lustig aus, findest du nicht? Am liebsten möchte ich eine mit nach Hause nehmen. Aber das geht wohl nicht."

Sie verbrachten noch viel Zeit am See.

Die Sonne folgte ihrer Bahn und das silbernschwarze gewellte Muster des Wassers veränderte mit dem Einfall des Lichtes seine Struktur. Gegen Abend wandelte sich das schimmernde Silber in leuchtende Goldtöne.

Wir tragen die Wärme und die Farben des Tages in unseren Herzen nach Hause.

Mein Leben hat eine neue Richtung genommen.

Ich habe den dunklen Pfad meiner Traurigkeiten verlassen und bin auf eine Lichtung hinausgetreten. Eva hat mich an die Hand genommen und mir den Weg gezeigt.

Ich weiß, dass der schwarze, aber breite, gut angelegte Weg in der Nähe ist. Immer dann, wenn Eva mich verlassen hat und mich Angst davor erfasst, sie könne nicht zurückkommen, ist er nahe. Er zieht mich mit magischen Kräften an, erinnert mich daran, dass ich mich auch mit geschlossenen Augen in seiner Spur bewegen konnte.

Aber die Lichtung ist hell und warm, ihr Boden ist eine leuchtendgrüne Wiese, die den Namen Zuversicht trägt. Sie bezaubert mich so sehr, glaubte ich sie doch schon lange verloren zu haben. Mit der Wiese und den duftenden Kräutern zu meinen Füßen erwachen meine Sinne und mit ihnen fühle ich mich lebendig.

Doch ich weiß nicht, wo die Lichtung endet. Vielleicht ist sie zu klein, vielleicht gelange ich zu schnell wieder auf den Pfad, der jetzt, nachdem ich die Lichtung kennen lernte, mir noch trostloser erscheint. Ich habe Angst vor seiner Düsternis, vor seiner Macht, mit der er mich gefangen hält, und vielleicht findet sich niemals wieder ein Mensch wie Eva, der mich mit so großer Behutsamkeit wegführt zu Stellen, an denen die Sonne scheint.

Vielleicht hätte ich mich nicht mitnehmen lassen sollen, dann wäre die Angst nicht so groß, dann wäre alles wie es war, nichts könnte mich überraschen, nichts müsste ich vermissen oder betrauern.

Es war Sonntag.

Barbara saß auf ihrem Balkon. Die Blümchen von Eva sahen noch immer frisch aus. Sie goss ein wenig Wasser nach.

Eva würde sich freuen, wenn sie sähe, dass ich den Durst der Blumen lösche.

Eva. Du bist so unerwartet in mein Leben getreten und ich habe solche Angst, dass du es genauso unerwartet wieder verlassen könntest.

Sie wartete. Eva kam nicht.

Es war schon Mittag vorbei. Sie schaute vom Balkon herunter, ließ die Blicke schweifen und suchte sie.

Meine Angst wird größer. Ich fühle, wie ich mich aus meiner Lichtung hinaus bewege, fühle, wie nahe mir der dunkle vertraute Pfad ist.

Barbara las Evas Zettelchen, das noch immer an der Vase lehnte, und zerknüllte es langsam.

Angst schnürt mir die Kehle zu.

Sie strich das Papierchen wieder glatt, las es noch einmal.

Es gelingt mir, die Gedanken von mir selbst wegzulenken und sie allein auf Eva zu richten. Warum kommt sie nicht?

Sie hatte Freude an meiner Gesellschaft. Sie redete über alles, was sie entzückte, mit vielen Worten und kindlicher Begeisterung, aber über Dinge, die sie bedrücken und die sie belasten, redete sie nicht.

Warum zweifle ich an ihrer Zuneigung?

Vielleicht ist es ihr einfach nicht möglich zu kommen. Auch dieser Gedanke vermag mich nicht mehr zu trösten. Vielleicht hat man Eva verboten, mich zu besuchen. Vielleicht hat sie ihrer Mutter von mir erzählt, die keine mütterliche Freundin für ihr Kind duldet. In diesem Falle würde nicht nur ich, auch Eva leiden. Und diese Vorstellung ist unerträglich.

Da wäre es besser, Eva wollte aus eigenem Willen nicht kommen.

Der Nachmittag verging. Sie wartete immer noch.

Seit wir uns kennen, war sie jeden Tag hier. Aber heute nicht.

Ich wusste, dass es sich rächen wird, ein Risiko einzugehen. Es war ein Wagnis, einen Menschen nah an mich heran zu lassen, und sei es auch nur dieses Kind, mich vom finsteren, aber sicheren Weg abzuwenden. Und jetzt, wo meine Augen bereits begonnen haben, sich an die Helligkeit der Lichtung zu gewöhnen, muss ich zurück in eine Dunkelheit, die mir düsterer als je zuvor erscheint.

Barbara saß auf dem Sofa.

Draußen brach der Abend herein. Der Fernseher lief, und sie schaltete zwischen den Programmen hin und her, weil sie sich auf keine Sendung konzentrieren konnte. Plötzlich schellte es.

Sie sprang wie elektrisiert auf.

Ich werde herausgerissen aus meinem dämmernden Grübeln. Es ist nicht möglich, dass es Eva ist.

Sie fragte über die Sprechanlage, wer dort sei.

„Eva."

Ihre Stimme war kaum zu hören. Einerseits, weil die Anlage für sie zu hoch angebracht war, andererseits hörte sie, dass sie noch zaghafter klang als sonst.

Mein Herz klopft. Wieso um alles in der Welt steht das Kind am späten Abend vor meiner Tür?

Sie öffnete.

In einem Nachthemd, das Haar noch zerzauster als sie es von ihr kannte, das Gesicht gerötet und nass von Tränenspuren stand sie da.

In mir fechten Gefühle einen stummen Kampf aus: große Erleichterung darüber, dass Eva gekommen ist, große Bestürzung darüber, in welchem Zustand sie ist.

„Kann ich bei dir bleiben?"

„Komm erst einmal herein, Eva."

Sie führte sie ins Wohnzimmer, setzte sie auf das Sofa, schaltete den Fernseher aus.

Mein Inneres ist in Aufruhr. Ich habe Angst vor dem, was Eva sagen wird.

„Was ist passiert?"

Sie hatte einen Schluckauf und musste bis eben geweint haben. Sie wollte sprechen, aber der Schluckauf hinderte sie daran.

„Warte, ich hole dir ein Glas Wasser."

Barbara eilte in die Küche, füllte Wasser in ein Glas und gab einen Schuss Saft hinzu. Eva nahm das Glas, trank in großen Schlucken.

Mit gesenktem Kopf erleichterte sie ihr Herz:

„Sie haben so geschrien. Ich konnte nicht schlafen und habe geweint und gesagt, sie sollen aufhören. Aber sie haben nicht aufgehört. Ich habe auch angefangen zu schreien. Da…" sie stockte, kämpfte gegen ihren Schluckauf an, „ist er gekommen und hat mir wehgetan, mich geschüttelt und mich angeschrien, dass ich still sein soll. Er hat meine Arme so fest gehalten und mich so böse angesehen. Da habe ich Angst bekommen. Meine Mami hat auch geweint und das Baby. Und dann bin ich weggelaufen. Zuerst bin ich die Straße ganz schnell hinunter gerannt und dann hab ich gedacht, ich gehe zu dir."

Sie zögerte einen Augenblick und fragte dann:

„Kann ich heute bei dir bleiben?"

Barbara gingen viele Gedanken durch den Kopf.

Natürlich soll sie bei mir Schutz finden. Ich fühle eine Welle der Zuneigung für dieses fremde Kind. Wieso habe ich nicht längst erkannt, dass ich Eva lieb gewonnen habe?

Der Gedanke, dass eine große Hand dieses zarte Kind schlägt oder grob anfasst, ist mir unerträglich. Ich denke an die verblassenden blauen Flecken an ihrem Arm.

Aber habe ich das Recht, dieses Kind über Nacht in meiner Wohnung zu beherbergen? Und was mache ich morgen? Was kann ich tun, um Eva zu schützen? Außerdem muss ich morgen früh zur Arbeit.

Barbara versuchte, Eva ihre Zweifel zu erklären. Sofort weinte das Kind wieder. Die schmalen Schultern wurden von Schluchzern geschüttelt und krümmten sich nach vorn.

Ich kann es nicht mit ansehen.

Eva hob ihr tränennasses Gesicht und schaute sie flehend an:

„Ich gehe morgen früh wieder nach Hause. Ganz bestimmt. Dann ist er arbeiten. Und meine Mami tut mir nichts."

Nein, aber sie trinkt. Und er, wer auch immer er ist, wird wieder kommen.

Sie überlegte noch einen Augenblick.

Was ist richtig? Was ist falsch? Ich muss eine Entscheidung treffen. Ich kann dieses Kind nicht einfach wieder nach Hause schicken, auch dann, wenn ich es selbst zurück brächte, ertrage ich den Gedanken nicht, dass man es vielleicht noch grober behandeln würde, weil es weggelaufen ist. Außerdem würde ich seine Zufluchtsstätte verraten. Es hätte an schlechterer Stelle Schutz suchen können.

Barbara fasste einen Entschluss und nahm sich vor, Eva am anderen Morgen hinüber zu bringen und vielleicht kurz mit der Mutter zu reden.
„Gut. Du kannst hier bleiben."
Das Kind lächelte voller Erleichterung, und das Lächeln in seinem verweinten Gesicht bewegte sie so sehr, dass auch ihr Tränen in die Augen traten.
Sie hatte sich neben Eva auf das Sofa gesetzt, und nun rückte das Kind so nah an sie heran, dass sie seinen schmalen Körper an ihrer Seite spürte. Dann neigte es sich zu ihr hin und legte den Kopf auf ihren Schoß.
„Ich bin so müde…" murmelte es.
Noch immer quälte es sein Schluckauf. Barbara sah, wie Eva die Hände faltete und ein Gebet begann:

Lieber Gott,
ich bitte Dich,
gib Acht auf mich.
Schenk' mir Schlaf und Ruh'
und decke mich mit Träum'lein zu.
Lass' mich morgen froh erwachen
und andere fröhlich machen.
Amen.

„Das war ein schönes Gebet. Woher kennst du es?"
„Von meiner Oma. Aber sie ist tot…"
Barbara hob ihre Hand, und für einen kleinen Augenblick schwebte sie zö-

gernd über dem Kopf des Kindes. Dann senkte sie sich, berührte das feuchte, klebrige Haar und blieb darauf ruhen.

Lautlos und bewegungslos weinte Barbara, streichelte Eva sanft und spürte, wie sie einschlief.

Ich danke dir für dein Vertrauen, kleine Eva.

Ich danke dir, dass du mir großzügig von deiner Lebensfreude abgegeben hast.

Ich danke dir, dass du mich weggeführt hast aus meiner Trübsal, und sei es auch nur für einen einzigen Augenblick.

Ich werde dir helfen, so gut ich kann. Ich möchte dich wieder lächeln sehen.

Lange saß Barbara so da, Evas Kopf auf ihrem Schoß.

Später rutschte sie behutsam zur Seite, hielt dabei mit beiden Händen den Kopf des Kindes und seine Schultern und bettete es dann vorsichtig auf das Sofa. Sie streckte seine mageren Beine und zog ihm die Sandalen aus.

Dann nahm sie die Decke und breitete sie über die kleine Gestalt. Eva wachte nicht auf, wirkte entspannt. Ihre Schultern zuckten nicht mehr durch den Reflex ihres Schluckaufs.

Barbara ließ eine kleine Lampe brennen, damit sie sich nicht fürchtete, falls sie in der Nacht aufwachen sollte.

Später, als sie selbst im Bett lag, dachte sie an ihren kleinen Gast.

Mein Herz ist voller Mitgefühl für meine kleine Freundin. Kinder brauchen nichts so sehr wie unsere Liebe.

Warum ist es für viele Erwachsene so schwer, ihre Kinder zu lieben, oder lieben sie und tun dennoch das Falsche? Warum wollen so viele Paare gar keine Kinder an ihrer Seite? Sie nennen viele Gründe, aber wenn wir ein Kind zu lieben bereit sind und uns wünschen, seine Liebe zu empfangen, welche Gründe halten uns dann noch davon ab?

Ich wollte immer gern Kinder. Obwohl ich niemals ahnte, wie viel sie zu geben imstande sind. Eva lehrt es mich an jedem Tag unserer Begegnungen und sie ist noch nicht einmal mein Kind.

Hinter ihren geschlossenen Augenlidern zogen Bilder ihres Lebens vorbei.

Nach vielen Enttäuschungen glaubte ich, meine große Liebe gefunden zu haben, sehr spät zwar, ich ging bereits auf die Vierzig zu, aber ich war fest davon überzeugt, dass dieser Mann an meiner Seite der richtige Vater für unser Kind werden könnte.

Wir liebten uns, dass heißt, sicher weiß ich nur, dass ich ihn liebte…, vielleicht zu sehr. Alles teilte ich mit ihm, meinen Körper, meine Gedanken, meine Zeit, mein Leben. Zu Anfang verdoppelte sich unser Glück, ganz so, wie es das Sprichwort sagt. Die Tage flossen in süßer Gewissheit dahin und ich zweifelte nicht daran, dass es immer so sein werde. Was vollkommen ist, müsste für die Ewigkeit bestimmt sein. Warum also sollte es enden? Nie erhielt ich eine Antwort auf diese Frage, die ich mir später immer wieder und wieder stellte.

Alles entwickelte sich anders.

Er verliebte sich neu. Seine Liebe zu mir war schon erkaltet, als meine zu ihm noch brannte. Ich bemerkte es nicht. Meine eigene Wärme hüllte mich ein und machte mich immun gegen seine Kälte. Wenn mich das Feuer unserer Liebe wärmte und glücklich machte, so verwandelte es sich nun, als er es mir sagte, in gefräßige Flammen. Alle Tränen, die ich weinte, vermochten sie nicht zu löschen. Meine Liebe, meine Träume, meine Zukunft mit einem Kind, so wie ich sie mir wünschte, verbrannten und ich konnte nichts tun. Ich empfand keine Wut, nur tiefe Ohnmacht. Wenn sich zuvor mein Glück verdoppelte, so erlebte ich nun doppeltes Leid, weil ich es mit ihm nicht teilen konnte. Seine Liebe, noch heute lasse ich nicht den Gedanken zu, dass es von Anfang an keine gewesen sein könnte, gehörte der Vergangenheit an, konnte durch keinen Kuss, keine Zärtlichkeit, keine Bitte zurückgeholt werden.

Er war gegangen, mit seinen Koffern, mit seinen Kleidern, deren Geruch in meinem Bewusstsein hafteten. Ich hoffte, dass er kommen, dass ihn die Sehnsucht zu mir zurück führen würde, und als ich es mir ausmalte, stellte ich voller Trauer fest, dass auch jegliches Vertrauen in ihn gestorben war, aber, was noch schlimmer war, und was ich schließlich voller Bitterkeit feststellen musste, auch jegliches Vertrauen in andere Männer – und noch mehr als dies.

Schmerzhaft begriff ich, dass ich niemals das Gefühl erleben würde, in meinem Bauch ein Kind zu tragen, niemals einem Säugling das Leben schenken, ihn in meinen Armen halten würde. Von diesem Zeitpunkt an hatte ich auch das Vertrauen in den Lauf und die Zukunft meines Lebens verloren.

Eines Tages hörte ich auf zu weinen, verschloss mein Herz, erstickte die Sehnsucht nach einem Kind, versuchte mich zu schützen, indem ich mein Inneres verbarg und nicht mehr öffnete.

Und von da an wurde alles noch schlimmer.

Hoffnungslosigkeit stellte sich ein, griff nach mir mit eisernen Klauen und zerrte mich auf den dunklen Pfad von nicht enden wollender Traurigkeit. Verzweifelt wehrte ich mich und suchte nach neuen Wegen, stürzte mich ins Berufsleben, arbeitete hart und verbissen. Ich hatte Erfolge, erfuhr Lob und Anerkennung. Aber alles war wie Wassertropfen auf heiße Steine. Die Tropfen verdampften rasch und übrig blieb eine brennende Sehnsucht. Wonach?

Unzählige Male stellte ich mir diese Frage. Es ging nicht mehr allein um einen Mann, um ein versäumtes Glück, es ging um viel mehr. Für mich ging und geht es auch heute noch um den Sinn und den Wert meines Lebens.

Was erfüllt uns, auf welche Art zeigt er sich? War er zum Greifen nah und dann unerreichbar? Aus einer verlorenen Liebe drohte ein verlorenes Leben zu werden.

Früher war ich Suchende und überzeugt davon, dass ich eines Tages die Bedeutung meines Seins fühlen und den Weg dorthin verstehen würde, um dann ohne Angst mein Leben bis zum Ende leben zu können. Als ich diesen Mann liebte, von einem gemeinsamen Kind und von unserer Zukunft träumte, glaubte ich, am Ziel zu sein.

Auch heute noch bin ich überzeugt davon, dass wir im Angesicht des nahenden Endes uns die Frage stellen werden, ob wir den Sinn und damit die Aufgabe unseres Lebens gefunden und sie erfüllt haben. Darum habe ich solche Angst. Das Leben geht dahin. Meine Suche habe ich aufgegeben, aber ich warte. Vergeblich. Wer nicht sucht, wird auch nicht finden.

Es ist nicht gut, aufzugeben. Vielleicht ist es besser, man setzt seine Suche fort und sei es auch bis zum Schluss. Denn wer sagt uns, dass wir nicht im allerletzten Augenblick unsere Bestimmung erkennen? Und vielleicht verstehen wir sie nur deshalb, weil wir den Weg, so lang und verzweigt er auch war, zurücklegten und niemals aufgaben? Vielleicht ist die Suche selbst unser Ziel?

Schließlich kam Eva. Sie stand vor meiner Tür. Was hat sie mit mir getan?

Vielleicht ist es möglich, ohne eigene Kinder Lebenssinn zu finden. Aber können wir jemals verzichten auf das, was uns die Kinder vermitteln? Muss es ausgerechnet ein Kind sein, das mir ein wenig Lebensfreude zurückgibt, das mit leiser Sanftheit mein Herz zu öffnen vermag?

Ich habe keine Kinder bekommen und vielleicht werde ich immer traurig darüber sein, aber mir ist Eva begegnet. So kurz ich sie auch kenne, sie hat mich mit neu erwachter Hoffnung beschenkt. Ich bin das Wagnis eingegangen und bereits jetzt ein wenig mit meinem Schicksal versöhnt.

Nun braucht sie mich. Ich hoffe inständig, dass ich etwas für sie tun kann.

Ich werde mit ihrer Mutter reden.

Am nächsten Morgen erwachte Barbara. noch bevor der Wecker ihren unruhigen Schlaf beenden konnte. Es war noch sehr früh, aber sie wurde wach, weil sie ein Geräusch aus der Küche hörte.

Sie stand auf und schaute sofort auf das Sofa im Wohnzimmer. Die Decke war zerwühlt, aber die Umrisse des Kinderkörpers zeichneten sich nicht mehr darunter ab.

Sie ging weiter in die Küche und dort sah sie Eva in ihrem dünnen geblümten Nachthemd.

Sie stand auf den Zehenspitzen auf einem Stuhl, den sie dicht an den Hängeschrank geschoben hatte. Die Türen waren geöffnet und sie beförderte zwei Tassen heraus, bückte sich und stellte sie auf die Ablage darunter.

Als sie Barbara sah, lächelte sie ein wenig.

„Wie schade, dass du schon wach bist. Ich wollte uns gerade Kakao machen und dich überraschen."

„Da bin ich aber froh, dass ich wach geworden bin, denn ich möchte nicht, dass du allein mit heißer Milch hantierst."

„Zu Hause mache ich das auch. Ich habe mich noch nie verbrannt."

Barbara blieb neben Eva stehen und stellte fest, dass sie sich recht geschickt anstellte.

Nachdem sie ein kleines Frühstück zubereitet hatten, saßen sie gemeinsam am Küchentisch und ließen es sich schmecken.

Ihr Gesicht sieht ausgeruht aus, die Tränen sind getrocknet und ganz offensichtlich vergessen. Nur die Schatten um ihre Augen sind nicht verschwunden. Sie zeugen von schon lange währendem Kummer, der ihr zu schaffen macht, den sie ertragen muss ohne sich jemals allein davon befreien zu können.

Vielleicht noch nicht einmal als Erwachsene.

Barbara holte eine neue Zahnbürste aus dem Vorratsschrank, ging mit Eva ins Badezimmer und half ihr bei der Morgenwäsche.

Sie wusch sich nicht gern, sagte ihr, dass sie es zu Hause auch nicht immer tun müsste. Ihr Zeigefinger deutete auf die Wand über dem Waschbecken:

„Warum hast du keinen Spiegel?"

„In letzter Zeit mochte ich mich nicht ansehen."

„Warum denn nicht?"

Barbara zuckte mit den Schultern.

Was soll ich diesem Kind erklären. Sie könnte es sowieso nicht verstehen.

Sie ging hinüber ins Schlafzimmer und entnahm dem Kleiderschrank ein T-Shirt und eine Hose.

Beide Kleidungsstücke waren zu groß, würden aber den Zweck erfüllen. Sie legte beides auf einen Stuhl und bat Eva, sich anzukleiden, während sie selbst im Badezimmer war. Als Barbara später die Küche betrat, stand Eva dort mit aufgekrempelten Hosenbeinen und spülte das Geschirr vom Frühstück ab. Langsam und hingebungsvoll fuhr sie mit ihren Händen durch das warme, schaumige Wasser, hob ein wenig Schaum in der hohlen Hand in Mundhöhe und blies hinein. Weiße Flöckchen flogen in alle Richtungen und dabei sprach sie leise mit sich selbst.

Es wurde Zeit. Barbara war unruhig, weil sie nicht wusste, wie Evas Mutter reagieren würde.

Aber ich ahne nichts Gutes. Denn ich habe ihr wahrscheinlich eine unruhige Nacht beschert, in dem ich ihre Tochter bei mir beherbergt habe.

Sie verließen die Wohnung und Eva zeigte den Weg zu einem mehrstöckigen Miethaus, von dem die blassgelbe Farbe abblätterte.

Das Mädchen schellte, in dem sie sich auf die Zehenspitzen stellte. Barbara sah noch flüchtig den Namen „Neumann", da wurde bereits der Türdrücker betätigt. Eva lehnte sich mit ihrem Körpergewicht gegen die Tür und sie öffnete sich.

Sie stiegen die Treppen hinauf.

Der Flur war nüchtern und kahl, ohne Pflanzen oder andere Dekorationen und im oberen Bereich schon länger nicht gereinigt worden. Schon während sie hinauf stiegen, vernahmen sie eine weibliche Stimme, der deutlich Angst und Sorge anzuhören war:

„Eva, bist du das?"

Eva hörte ihre Mutter.

Sie rannte die restlichen Stufen nach oben, und als auch Barbara angekommen war, fand sie die beiden in enger Umarmung vor.

Frau Neumann weinte in einer Weise, die erahnen ließ, wie groß ihre Angst und ihre Verzweiflung waren, und sie schimpfte mit Eva, hielt sie mit ausgestreckten Armen von sich fort, schaute ihr ins Gesicht, um sie wieder an sich zu reißen.

Sie überschüttete ihr Kind mit Fragen:

„Wo bist du nur die ganze Nacht gewesen? Warum bist du weggelaufen? Warum tust du mir so etwas an? Habe ich nicht genug Sorgen?"

Eva ließ alle Umarmungen, alle Schimpfe stumm über sich ergehen, dabei lächelte sie kaum merklich.

Ich fühle ein wenig Erleichterung. Offensichtlich liebt diese Frau ihr Kind und auch Eva scheint diese Zuneigung zu spüren.

Frau Neumann hielt Eva weiterhin fest an sich gepresst, als könnte sie erneut weglaufen, richtete nun den Blick auf Barbara und wartete wortlos auf eine Erklärung.

„Eva stand gestern Abend zu später Stunde vor meiner Haustür und bat mich, bei mir bleiben zu dürfen."

„Und da haben Sie ihr das erlaubt?"

Frau Neumann war fassungslos.

„Ja, denn sie weinte und war sichtlich verzweifelt."

„Das berechtigt Sie noch lange nicht, mein Kind über Nacht in ihrer Wohnung aufzunehmen! Ich werde Sie anzeigen."

Sie wurde wütend und drückte Eva immer fester an sich.

Das Kind schaute zu ihr auf und begann zu weinen.

„Nicht, Mami! Sie ist lieb zu mir und sie hat mich doch wieder nach Hause gebracht. Und ich habe sie gern."

„Ehe Sie mich anzeigen, bitte ich Sie, mich anzuhören. Vielleicht können

Sie dann ein bisschen besser verstehen, warum ich Eva bei mir aufgenommen habe."

Sie wollte Barbara ins Wort fallen, aber diese redete schnell weiter:

„Ich schlage vor, dass Eva nun zur Schule geht und wir beide könnten einen kleinen Spaziergang machen… und ein bisschen reden. Und wenn Sie mich danach dennoch anzeigen wollen, kann ich Sie nicht mehr daran hindern."

Evas Mutter lockerte ihre Umarmung, schaute auf ihr Mädchen herunter, sah den bittenden Blick und sagte widerwillig, ohne Barbara anzusehen:

„Na gut. Ich rede mit Ihnen, meinem Kind zuliebe. Eva, zieh dich um, nimm deine Schulsachen und geh. Beeil dich, denn es wird gleich acht."

Eva strahlte und eilte in die Wohnung. Schnell kam sie mit ihrem Schulranzen auf dem Rücken zurück und rief, während sie die Treppe hinunter stürmte:

„Du wirst sehen, sie ist lieb!"

Ihre Mutter beugte sich über das Treppengeländer und sah dem Kind nach. Ein zitternder Seufzer entrang sich ihrer Brust. Dann sah sie Barbara an.

Ihr Blick war voller Misstrauen, aber sie schien wirklich bereit zu sein, ihr zuzuhören. Vielleicht wollte sie auch ihrem Herzen, ihrer ausgestandenen Angst, Luft machen.

Mir ist es gleichgültig. Die Hauptsache ist, dass ich ihr die Not, in der Eva sich befand, beschreiben kann.

Sie standen noch immer im Treppenhaus, als aus der Wohnung Babygeschrei ertönte. Evas Mutter stöhnte auf, zog die Luft hörbar ein und stieß sie heftig wieder aus. Resigniert hob sie die Schultern und ließ sie wieder fallen.

„Das Baby hatte endlich geschlafen. Jetzt ist es wieder wach und ich kann aufs Neue sehen, wie ich es ruhig kriege."

Barbara versuchte es noch einmal:

„Wie wäre es, wenn wir einen kleinen Spaziergang machten und das Kleine mitnähmen? Sicherlich schläft es dann wieder ein."

Sie sah ihr an, dass Frau Neumann ihr am liebsten widersprochen hätte, aber Barbara schaute sie freundlich an und bemühte sich, ein wenig zu lächeln.

„Bleiben Sie unten eine halbe Stunde. Ich muss mich anziehen und dann komme ich herunter."

„Ich werde warten."

Barbara schaute sie noch einmal aufmunternd an und dann drehte sie sich um und ging langsam die Treppen hinunter.

Es ist möglich, dass sie mich auf diese Weise weggeschickt hat. Ich glaube es aber nicht. Sie hat nicht nach meinem Namen gefragt.

Sie sah auf ihre Armbanduhr. In einer halben Stunde müsste sie an ihrer Arbeitsstelle sein.

Rasch lief sie nach Hause, die Treppen nach oben, schloss ihre Wohnung auf und trat ein. Ihr Blick fiel in die Küche. Der Stuhl, auf dem Eva gestanden hatte, stand noch immer dort unter dem Hängeschrank. Das erkaltete Scifenwasser war noch im Becken, das gespülte, nasse Geschirr hatte sie gestapelt.

Wehmut zieht durch meine Brust. Vielleicht war es das letzte Zusammensein mit ihr.

Sie ging zum Sofa, das in der letzten Nacht ihrer kleinen Freundin als Gästebett diente, sah die zerwühlte Decke und ging hin, um sie zu falten. Ihr Blick fiel auf eine dunkle Stelle auf dem Bezugsstoff des Sofas. Sie war nass. Auf dem Boden lagen zerknüllt ihre Unterwäsche und ihr Nachthemd, ebenfalls nass.

Es wundert mich nicht.

Barbara rief ihren Vorgesetzten an und meldete sich krank, gab an, starke Kopfschmerzen zu haben.

Es entspricht sogar der Wahrheit, denn schon in der Nacht fühlte ich einen dumpfen Schmerz im Kopf, so wie ich ihn oft spüre, immer dann, wenn ich zu lange den dunklen Pfad meiner Trübsal durchwandert habe.

Sie eilte wieder hinüber zu Frau Neumann.

Die halbe Stunde war fast verstrichen, aber sie war noch nirgends zu sehen. Barbara wartete, ging vor der Tür auf und ab und überlegte, was sie ihr sagen könnte.

Mit welchen Worten bewirke ich am meisten? Mit welchen Worten erreiche ich sie ein wenig?

Sie überlegte fieberhaft.

Evas Mutter hat offensichtlich Probleme, die sie nicht bewältigen kann. Die wenigen Sätze, die Eva dazu sagte, lassen darauf schließen, dass sie sich vor ihren Schwierigkeiten in den Alkohol flüchtet. Mir ist klar, dass ich diese Art der Flucht auf keinen Fall ansprechen darf. Plötzlich wird mir die Brisanz dieser Situation und die Verantwortung dafür bewusst, dass ich nämlich mit dem bevorstehenden Gespräch Eva nutzen, aber auch genauso gut schaden könnte. Dieser Gedanke macht mir Angst, und ich habe Zweifel, ob ich der Situation überhaupt gewachsen sein werde.

Aber nun war für Zweifel keine Zeit mehr, denn sie hörte Geräusche hinter der Tür. Dann öffnete sie sich und Evas Mutter erschien. Barbara atmete unhörbar auf. Frau Neumann schob einen Kinderwagen vor sich her, in dem das Baby noch immer schrie.

In der kurzen Zeit hatte sie sich nur flüchtig zurecht gemacht. Das Haar sah ungewaschen und strähnig aus. Es war rötlichblond wie das von Eva. Ihr Gesicht hatte eine fahle ungesunde Farbe, die Augen waren hell, umschattet wie die Augen ihrer kleinen Tochter und immer noch gerötet. Zwischen den Augen hatten sich zwei steile Furchen eingegraben. Ihr Körper war sehr schlank, fast schon mager, ihre Schultern sahen zerbrechlich aus und sie hielt sie nach vorn gebeugt.

Sie fragte nicht, wohin Barbara gehen wolle, stattdessen schob sie den Kinderwagen in die Richtung des Sees. Sie lief sehr schnell.

Es erscheint mir, als wolle sie mit ihrem schnellen Schritt dem, was sie hören könnte, davonlaufen.

Barbara passte sich ihrem Tempo an und in ihrem Kopf suchte sie nach Worten. Langsam verringerte Frau Neumann ihr Tempo. Das Baby hatte gleich bei den ersten Schritten sein Schreien eingestellt. Obwohl es ein warmer Sommermorgen war, hatte sie es mit einem dicken Kissen zugedeckt.

Barbara bat sie, dass Kind einmal anschauen zu dürfen. Sie antwortete nicht, blieb nicht stehen, ging aber etwas langsamer. Sie beugte sich über den Wagen und drückte das Kissen ein wenig herunter. Barbara betrachtete lächelnd das Kleine.

Eva sagte, es sei ein Mädchen.

„Es ist sicherlich ein Mädchen, nicht wahr?"

Evas Mutter blickte Barbara kurz erstaunt an. An der Kleidung war das Geschlecht des Kindes nicht erkennbar. Darum wunderte sie sich, dass Barbara sich so sicher zu sein schien. Aber sie zeigte ein wenig Stolz und freute sich.

„Ja, sie heißt Pia."

Das Baby hatte kaum sichtbare kurze blonde Haare, die sein ganzes rundes Köpfchen bedeckten. Sein Gesicht war blass mit zierlichen Zügen. Das Kleine nuckelte heftig und geräuschvoll an seinem Sauger, hielt die Augen geschlossen. Dennoch hatte Barbara nicht den Eindruck, dass es schon schlief. Seine Atmung war nicht entspannt wie im Schlaf und es seufzte immer wieder.

„Sie ist ganz reizend. Wie alt ist sie?"

„Zwei Monate."

„Ich habe leider keine Kinder, hätte aber sehr gern welche gehabt."

Frau Neumann ließ ihre Blicke über den Kinderwagen hinweg schweifen, um irgendeinen Punkt in der Ferne zu fixieren. Sie warf Barbara einen kurzen Seitenblick zu, dabei presste sie die Zähne aufeinander, malte mit den Kiefern.

„Es ist nicht einfach, Kinder aufzuziehen. Man kann sich leicht welche wünschen, aber wenn man sie dann hat, ist es schwer."

„Ja, das glaube ich Ihnen, aber man gewinnt die Kinder doch auch sehr lieb, oder? Und dann würde man sie doch um keinen Preis der Welt wieder hergeben wollen, nicht wahr?"

Sie sah ganz kurz zu Barbara hinüber, wandte aber schnell wieder ihr Gesicht dem Kinderwagen zu.

„Ich hatte solche schreckliche Angst, als Eva nicht nach Hause kam."

Ein großer Vorwurf schwang in ihrer Stimme mit, aber Barbara hörte auch Zweifel.

„Ja, das kann ich mir vorstellen und es tut mir aufrichtig Leid."

Die Stimme Frau Neumanns klang müde:

„Ich hatte zunächst gar nicht bemerkt, dass sie die Wohnung verließ, später fand ich das leere Bett vor. Dann bin ich draußen herumgelaufen und habe sie gesucht. Vergeblich. Ich hatte die ganze Nacht gewartet und dachte, vielleicht hätte sie sich irgendwo versteckt. Ich machte mir solche Vorwürfe. Morgens wollte ich die Polizei rufen, aber dann kamen Sie mit ihr."

Sie wagte nicht, Barbara anzublicken, aber auch ohne sie anzuschauen, wusste diese, dass sie wieder zu weinen beginnen würde, aber sofort die aufsteigenden Tränen unterdrückte.

Sie tut mir wirklich sehr Leid.

„Die ganze Nacht hat das Baby geschrieen."
Sie schwiegen.

Was kann ich ihr nur zu ihrem Trost sagen? Was kann ich für Eva tun?

„Ich bin froh, dass sie zu Ihnen gelaufen ist."

In meinem Herzen jubelt es.

„So konnte ihr wenigstens nichts passieren. Der Gedanke war so schrecklich, dass sie schlechten Menschen in die Hände gefallen sein könnte."
Ganz vorsichtig stellte Frau Neumann eine Frage, und Barbara spürte, wie wichtig ihr ihre Antwort war:
„Was hat sie Ihnen erzählt, als sie so spät am Abend vor ihrer Tür stand? Und wieso ist sie eigentlich ausgerechnet zu Ihnen gelaufen?"
Barbara konnte ihr mit weniger Anspannung antworten:
„Sie hatte vor einigen Tagen ihren Ball verloren. Er fiel auf meinen Balkon und dann hat sie bei mir geschellt. Einen Tag später kam sie wieder bei mir vorbei. Sie war von dem vielen Regen ganz nass und ich bot ihr einen Kakao an. Das hätte ich wohl nicht tun dürfen."
„Es ist schon gut. Sie sind ja sehr freundlich zu ihr."
„Und dann kam Eva auch an den anderen Tagen. Ich habe mich gefreut, dass sie kam. Sie ist ein liebes Mädchen und ich mag ihre Gesellschaft gern."

Ich brauche ihre Gesellschaft. Ich sehne mich danach. Sie hat mein Leben ein klein wenig besser gemacht. Das ist die Wahrheit.

„Ihre Oma, meine Mutter, ist vor einem Jahr gestorben. Eva hat sie sehr gern gehabt. Vielleicht sind Sie ein bisschen wie eine Großmutter für sie."

So schön diese Vermutung ist, sie versetzt mir einen Stich. Ich würde mich lieber als ihre Mutter fühlen. Aber es ist schon richtig. Diese verzweifelte, schmerzgeprüfte Frau, die an meiner Seite geht, könnte meine Tochter sein und Eva meine Enkelin.

Barbara fürchtete das Gespräch nicht mehr, darum wagte sie noch die Bemerkung:
„Als Eva gestern vor meiner Tür stand, war ich sehr erschrocken. Ich dachte, es sei etwas sehr Schlimmes geschehen, weil sie so verzweifelt war und heftig weinte."
„Ja, ich weiß. Wir hatten Streit und er hat Eva sehr grob angefasst."

Ich spüre Groll in mir aufsteigen. Eva hatte Angst vor ihm, große Angst. Ein Kind in diesem Alter läuft nicht einfach so davon.

„Verzeihen Sie, ich möchte nicht neugierig erscheinen, aber Eva sprach auch von ‚ihm', ist er Evas Vater?"
Sie zögerte, sprach dann aber:
„Nein, ihr Vater hat uns vor zwei Jahren verlassen. Er ist mein Freund."

Es ist eine merkwürdige Bezeichnung für einen Lebensgefährten, mit dem es ständig Streit gibt und der ihre kleinen Kinder grob behandelt. Aber was weiß ich schon besser! Alle Beziehungen, die ich hatte, zerbrachen. Keine hat den Prüfungen, die jede Beziehung bestehen muss, standgehalten, selbst die nicht, der all meine Hoffnung, all meine Sehnsucht galt.
Allerdings habe ich verstanden, dass das Zusammenleben mit ihrem Freund ein wunder Punkt ist, noch wunder und heikler als alles Andere, über das sie bereitwillig gesprochen hatte.

Barbara fügte noch hinzu:

„Eva spricht nur sehr wenig über ihre Familie. Sie ist damit sehr zurückhaltend und ich habe sie natürlich auch nicht bedrängt, mich aber bemüht, sie zu trösten."

„Eigentlich müsste ich mich sogar bei Ihnen bedanken. Aber das alles…tut so weh. Es ist so schlimm, dass sie weggelaufen ist. Sie hätte es ja nicht getan, wenn sie in unserer Familie bekommen würde, was sie braucht."

Ich spüre, wie gern Evas Mutter den Tränen freien Lauf lassen würde, aber sie will mir wohl diese Schwäche nicht zeigen.

Frau Neumann schwieg nun. Ihren Kopf hielt sie fast die ganze Zeit gesenkt, die Augen auf das Deckbett des Kindes gerichtet.

Es war inzwischen eingeschlafen. Sie blieb kurz stehen, drückte das Kissen wieder flach und betrachtete das kleine Gesicht. Der Sauger war ihm aus dem Mund gefallen und es schmatzte leise im Schlaf.

„Sie haben zwei wunderbare Kinder."

„Drei… Ja, ich vergesse das immerzu", sagte sie schlicht.

Sie waren eine kleine Runde gelaufen, aber noch nicht an der Stelle am See, an der Barbara mit Eva war, und gingen bereits zurück.

Sie sprachen beide nicht mehr, hingen ihren Gedanken nach. Frau Neumann schob den Kinderwagen, hob endlich den Kopf, und Barbara sah ihrem Gesichtsausdruck an, dass sie jetzt erst die schöne grüne Umgebung wahrnahm. Noch einmal entrang sich ihrer Brust ein tiefer Seufzer, in dem alle durchlittenen Gefühle der letzten Stunden, vielleicht auch der letzten Zeit ihres Lebens, nachklangen. Die Anspannung war ein wenig aus ihrer Körperhaltung gewichen.

An der Haustür angekommen, zögerte sie nur einen kleinen Augenblick, dann reichte sie Barbara die Hand und fragte sie nach ihrem Namen und ihrer Adresse.

„Es ist schön, dass Eva eine Freundin wie Sie gefunden hat. Vielleicht können Sie ihr geben, wozu ich nicht imstande bin. Ich liebe mein Kind, das können Sie mir glauben. Aber ich bin nicht die Mutter, die sich ein Kind wünscht und mein…Partner ist nicht der Vater, den sie braucht. Ich werde Eva erlauben, Sie weiterhin zu besuchen. Vielleicht ersetzen Sie ihr ein bisschen die Großmutter, die sie so früh verloren hatte."

Sie ahnt nicht, wie sehr mich ihre Worte erleichtern.

„Ich danke Ihnen, Frau Neumann, ganz besonders für Ihr Vertrauen. Welcher Kummer Sie auch plagt, ich glaube, es ist nicht richtig aufzugeben."

Mein Händedruck ist herzlich gemeint, und ich hoffe, dass sie es spürt.
Aber was habe ich gesagt? Was nur ist mit mir geschehen?
Meine eigenen Worte klingen in mir nach und befremden mich. Nicht aufgeben? Hat mein Mund ausgesprochen, was ich beginne zu ahnen, was in mir keimt wie der zarte Spross einer Sommerblume? Was auch immer mit mir geschehen ist – ich begreife, dass ich die Suche nach Glück wieder aufgenommen habe.

Glück... Damit geht es eigenartig zu.
Man möge meinen, entweder habe man es oder eben nicht, wie ein Geschenk des Himmels, dass uns zufällig in die Arme fällt oder uns verfehlt und statt dessen Andere erfreut.
Möglicherweise ist es sogar so.
Aber vielleicht haben wir auch die Chance, nach unserem Glück zu greifen mit weit ausgestreckten Armen und es aufzufangen mit federnder Behutsamkeit, damit es nicht vorbei fällt und zerbricht, obwohl es doch uns meinte.
Und vielleicht sollten wir aber auch aufschauen und ihm Schritte entgegen gehen. Wenn ich den Kopf gesenkt halte, werde ich es nicht sehen und niemals in meiner Umarmung empfangen können. Und mit der Zeit vergesse ich, wie das Glück aussieht, wie es sich anfühlt, wie köstlich es ist.
Ich habe meinen Blick wieder aufgerichtet, in der Erwartung, dass es kommen wird und mich meint. Dann, so hoffe ich, werde ich die Arme ausbreiten und es willkommen heißen.

*

Eva hatte Barbara heute nicht mehr besucht.

Es war inzwischen Abend, aber sie blieb ruhig, weil sie den Worten Evas Mutter Vertrauen schenkte, denn sie vermutete, dass die vergangene Nacht und vielleicht auch, so hoffte sie es sehr, ihr Gespräch ihre Wirkung nicht verfehlt hatten.

Wenn man große Angst vor dem Verlust eines geliebten Menschen ertragen muss und sicherlich besonders dann, wenn es das eigene Kind ist, begreift man offenbar in diesem Moment die Größe der Liebe, die man empfindet.

Ich bin sicher, dass Eva wieder kommen wird, vielleicht morgen schon. Hoffentlich morgen.

Am Tag zuvor in der Frühe sah sie Eva das letzte Mal, als sie mit ihrem Schulranzen auf dem Rücken die Treppe hinunter eilte. Barbara war vor einer Stunde von ihrer Arbeit zurückgekehrt und konnte nicht mehr leugnen, dass sie wartete.

Ich versuche, mir das Gefühl des Vertrauens, dass ich gestern wie einen Segen empfinden konnte, zurückzurufen, aber es gelingt mir von Stunde zu Stunde weniger. Doch ich will nicht aufgeben.

Sie zog ihre Schuhe an und verließ die Wohnung, schlug, ohne darüber nachzudenken, den Weg zum See ein.

Hoffe ich, Eva dort anzutreffen oder suche ich nach ihren Spuren, in dem ich den Ort aufsuche, an dem wir so wunderbare Stunden verbracht hatten?
Vielleicht erleben wir das Gefühl des Glücks aufs Neue, wenn wir zu den Orten zurückkehren, die wir mit diesen Momenten verbinden? Ich gehe rasch, versuche der Enge in meiner Kehle wegzulaufen.

Bald erreichte sie den See, sah schon von weitem sein silbernes Wasser durch die Bäume schimmern. Sofort fühlte sie sich ein wenig besser.

Eva war nicht dort, aber sie sah wieder den alten Mann, wie er sich mit einer Hand auf seinen Gehstock stützte, dabei eine baumelnde Plastiktüte festhielt, mit der anderen Hand hineingriff und Brotkrumen herausholte. Er warf sie den Enten zu, die alle vor ihm im Wasser versammelt waren, und beobachtete, wie sie nach den Krumen schnappten, sie hinunterschlangen und sich eilten, um noch mehr vor den anderen zu erhaschen. Sie schlugen dabei mit den Flügeln und verteidigten ihren Happen Brot.

Barbara setzte sich auf den Stein, auf dem sie saßen, zog die Knie an, umschlang sie mit den Armen und legte ihren Kopf mit der Stirn darauf.

Ich fühle die Wärme der Sonne in meinem Nacken.

Sie richtete ihren Blick zum Himmel. Alle Wolken waren verschwunden. Er war makellos blau und nur an einer Stelle sah sie eine winzig kleine weiße Wolke.

Sie sieht aus, als hätte sie den Anschluss an alle anderen verpasst. Jetzt steht sie ganz allein am Himmel und erregt damit eine Aufmerksamkeit, die ihr inmitten aller anderen Wolken nicht geschenkt worden wäre. Eine kleine Wolke…
Vielleicht ist sie ein Bote, der mir eine Nachricht überbringt?

Noch lange saß sie dort und schaute auf das Wasser.

Die Wärme der Sonne und von unten die Wärme des aufgeheizten Steins hüllen mich wohlig ein. Ich fühle mich behaglich und die Traurigkeit, die darauf wartet, wieder von mir Besitz zu ergreifen, bleibt zurück. Noch hat sie keine Macht über mich.

Der Abend kam. Sie ging nach Hause, hatte Hunger und schon im Flur beschloss sie, sich auf ihren Balkon zu setzen.
Die winzig kleinen Blüten der Schafgabe im Blumenstrauß von Eva rieselten auf die Tischfläche herab. Dennoch ließ sie die Blümchen stehen. Ihr ging der Gedanke durch den Kopf, dass sie sie erst wegwerfen würde, wenn sie einen neuen Blumenstrauß bekommen hätte.

Der Gedanke erheitert mich ein wenig, weil ihm ein fast kindlicher Trotz zugrunde liegt. Eva, kleine Freundin, ich brauche wieder ein neues Sträußchen. Hörst du mich?
Ich möchte so gern, dass du sie mir pflückst, ungleichmäßig und mit Wurzeln daran. Denn weißt du, die Freude darüber, dass du sie mir schenkst, ist größer als die Freude an den Blumen selbst. Du verstehst das, Eva. Du weißt, dass ich neue Blumen brauche.
In das noch nicht verlöschte Licht meiner Gedanken schiebt sich allmählich der dunkle Pfad, erinnert mich daran, dass es ihn gibt, dass er auf mich wartet. Ich weiß schon lange, dass er da ist, spüre seine Gegenwart. Aber noch weigere ich

mich, die Lichtung zu verlassen, die meinen Geist, meine Seele, meinen Körper leicht und heiter stimmt, in der ich alles um mich herum in seiner Freundlichkeit wahrnehme. Ich will nicht zurück in die Dunkelheit, die sich schwer auf mich legt und mich erdrückt.

Ich will nicht.

Eva war nicht gekommen. Barbara ging ins Bett.

Ich lasse die Vorhänge geöffnet, damit so früh wie möglich Sonnenstrahlen in mein Zimmer dringen und von dem Licht und der Zuversicht des hereinbrechenden Tages künden.

Schon um fünf Uhr morgens wurde Barbara wach, weil es heller wurde in ihrem Zimmer.

Ich liege auf der Seite, mit dem Gesicht auf der Innenfläche meiner Hand fühle ich die Wärme der Haut an meiner Wange. Durch die einen Spalt geöffneten Augen sehe ich, wie sich die transparente Gardine in der kühl und frisch hereinströmenden Luft sachte bauscht. Die Vögel in den Bäumen vor dem Haus singen mit einem Enthusiasmus, mit einer Vielstimmigkeit, als wollten sie um jeden Preis meine Lust wecken. Lust am Neubeginn des Tages, Lust an seiner prallen Lebendigkeit.

Sie blinzelte, schloss wieder die Augen.

Durch die geschlossenen Lider fühle ich das Morgensonnenlicht, nehme ich das Lied der Vögel in mich auf. So viel Gesang. So viel Schönheit.

Sie weinte leise.

Ich höre euer Konzert. Es ist wunderschön. Und ich danke euch dafür. Es ist mir, als sei es nur für mich bestimmt. Aber vielleicht singt ihr nicht für andere, vielleicht singt ihr nur, weil euch sonst das Herz in der zu kleinen Brust zerspringen würde?

Werde ich heute Eva sehen? Wie mag es ihr gehen?

Ich stelle mir vor, wie sie in diesem Augenblick in ihrem Bett liegt und schläft. Das Kissen zerwühlt, das Haar zerzaust, auf dem Bauch liegend, die hellen Wimpern kleine halbmondförmige Schatten auf ihre blassen Wangen werfend. Ihr Atem leise und gleichmäßig, nur unterbrochen von leisem Murmeln, wenn ihre Träume unruhig und bedrohlich werden.

Die Helligkeit im Zimmer hatte noch zugenommen. Barbara öffnete die Augen. Sie stand auf, streckte sich und schaute aus dem Fenster. Kein Vogel war zu sehen. Sie waren verborgen in den unzähligen Blättern der Bäume.

Ich habe mal gelesen, dass jede Vogelart zu einem ganz bestimmten Zeitpunkt seinen Gesang am Morgen aufnimmt. Der Gartenrotschwanz macht den Anfang. Im Laufe des frühen Morgens stimmen alle anderen mit ein. Jeder Vogel zu seiner Zeit…, hat sein eigenes Lied, folgt einem unsichtbaren Dirigenten.

Es war erst halb sechs, ihre Augen brannten, dennoch fühlte sie sich wach und ausgeschlafen.

Im Bad schaute sie, während sie sich die Zähne putzte, auf die nackten, glänzenden Kacheln an der Wand, wo der Spiegel einst hing.

Es ist ein merkwürdiges Gefühl, als wäre ich gar nicht da.

*

Sie hatte es eilig nach Hause zu kommen. Den ganzen Tag konnte sie sich nicht auf ihre Arbeit konzentrieren, weil sie an Eva denken musste.

Wenn sie heute nicht kommt, stimmt etwas nicht.

Als Barbara mit dem Auto in ihre Strasse einbog, richtete sie sofort den Blick auf ihre Haustür. Keine Besucherin saß auf der Treppe, der Türeingang wirkte leer und verlassen, so als hätte noch niemand die Tür benutzt, um hindurch zu gehen.

Ich bin enttäuscht und gleichzeitig fühle ich Angst.

Noch größer als die Furcht, Eva verloren zu haben, ist aber die Sorge, ihr könne es schlecht gehen, die Tage mit mir und vor allem die Übernachtung hätten ihr Kummer eingebracht.

Sie schloss die Tür auf, ging die Treppe hinauf in die erste Etage, blickte in Gedanken versunken auf den Schlüssel in ihrer Hand und grübelte, was sie tun könnte.

Eva saß vor ihrer Wohnungstür auf der Fußmatte. Als sie Barbara sah, sprang sie auf und lachte sie an.

Ich bin erleichtert, so erleichtert, denn ich sehe keine Tränen und auch keine Spuren davon in ihrem Gesicht. Sie ist blass, wie ich sie kenne, aber sie wirkt gelöst und fröhlich.

Ich würde gern weinen, vor Erleichterung und Freude weinen. Es ist so wunderbar, dass sie hier ist.

Sie trug eine verwaschene rote Hose und ein weißes T-Shirt, fleckig und zerknittert. Ihre bloßen Füße steckten in den Sandalen, die Barbara schon kannte. Das Haar war mit einem roten Gummiband zu einem dünnen, schief sitzenden Pferdeschwanz zusammengebunden. An den Seiten hing es in Strähnen kreuz und quer heraus. Eva bemerkte, dass Barbara auf ihre Frisur schaute und verkündete stolz:

„Den Pferdeschwanz habe ich mir selbst gebunden. Das war ganz schön schwierig."

„Ja, das kann ich mir vorstellen."

Sie betraten ihre Wohnung.

Eva hüpfte durch alle Räume und redete dabei unaufhörlich.

„In der Schule war es heute sehr spannend. Wir hatten Feueralarm und mussten alle auf den Schulhof, und erst hatten wir geglaubt, es sei tatsächlich ein Feuer ausgebrochen. Das wär' aber schlimm gewesen! Ist es aber zum Glück nicht… Und Morgen haben wir Malen, das mache ich am liebsten… Ich hatte unten auf dich gewartet. Aber du bist nicht gekommen…und es ist jemand aus der Tür gekommen und da bin ich ganz schnell hinein ins Haus und dann habe ich hier oben gewartet. Freust du dich, dass ich da bin?"

Barbara hatte sich hingesetzt und beobachtete ihre Ruhelosigkeit und ihre aufgeregte Stimmung. Ihre Blicke huschten hin und her.

„Ja, ich freue mich riesig. Es ist ganz wunderbar, dass du gekommen bist und mich nicht vergessen hast."

„Warum sollte ich dich denn vergessen?"

Ja, warum? Weil ich keine besonders unterhaltsame Frau bin.

Sie fuhr fort:

„Du bist doch meine Freundin. Oder bist du es nicht?"

Eva schaute sie fragend an und schien ein wenig erschrocken.

„Aber sicher bin ich deine Freundin. Sehr gern sogar."

Barbara streckte die Hand aus und Eva kam langsam auf sie zu. Sie zog sie sachte zu sich heran, legte ihren Arm um ihre schmalen Schultern und strich ihr behutsam über die Wange. Eva ließ es geschehen und lächelte sie an.

„Ich habe dich sehr gern, kleine Eva. Aber sag mal, hast du denn nicht noch mehr Freundinnen?"

Eva schaute zu Boden und sagte so leise, dass sie es kaum hörte:

„Nein. Ich spiele immer alleine."

„Das ist schade… Was meinst du, sollen wir am Wochenende wieder etwas Schönes zusammen unternehmen? Ob deine Mutter es wohl erlaubt?"

„Sicher erlaubt sie es. Sie hat gesagt, du bist nett."

Sie hat gesagt, ich sei nett.

„Was hältst du davon, wenn wir beide zum Segelflugplatz gehen und zuschauen, wie die Flugzeuge aufsteigen, wie durch Zauberei in der Luft bleiben und dann wieder landen? Hast du das schon mal gesehen?"

„Oh, das ist eine tolle Idee! Nein, ich habe das noch nie gesehen. Können wir nicht jetzt schon gehen? Ach bitte, lass uns jetzt schon gehen!"

„Heute ist nicht mehr genug Zeit und Morgen und Übermorgen muss ich arbeiten. Aber am Samstag, da geht es und ich freue mich jetzt schon sehr."

Eva blieb noch eine Stunde. Wieder saßen sie auf dem Balkon, genossen den hereinbrechenden Abend. Eva bemerkte die verwelkten Blumen und ihr Gesicht schaute traurig drein.

„Weißt du, in einer Blumenvase halten sie nicht so lange wie auf der Wiese. Aber trotzdem war dein Sträußchen sehr hübsch und hat meinen Balkon verschönert. Vielleicht hast du ja Lust, mir neue zu pflücken und vielleicht magst du auch deiner Mami einen Strauß schenken?"

*

Eva wollte nach Hause gehen.

Barbara bückte sich und umarmte sie. Das Kind erwiderte die Umarmung und schmiegte sich für einen kurzen Augenblick an.

Im Weggehen drehte es sich noch einmal um und rief:

„Morgen bringe ich dir wieder Blumen mit!"

Eva besuchte Barbara an den darauf folgenden Tagen einige Male und brachte ihr neue Wiesenblumen mit, voller gelben Löwenzahns, Gräser und Kamille.

Barbara warf die verwelkten Blumen nun endlich weg, und Eva sah zu, wie sie die neuen in frisches Wasser stellte und wie auch diese wieder ihren Platz in der Mitte des Balkontischchens fanden.

Evas kleines Briefchen lag noch immer dort, wellig geworden von der Feuchtigkeit der Nächte und am Tage wieder getrocknet von der Sonne dieses ungewöhnlichen Sommers, der bis dahin einen Verlauf genommen hatte, wie Barbara es nicht erwartet hatte.

Sie freuten sich auf Samstag, Eva in einer Weise, wie sich Kinder freuen, in dem sie unaufhörlich davon sprach, sich den Tag in allen Einzelheiten ausmalte, Fragen stellte und Barbara zum Lächeln brachte über ihre zappelige Ungeduld.

Man konnte meinen, ihr stünde selbst ein Flug bevor.

Samstagmorgen holte Barbara ihre kleine Freundin schon in der Frühe ab. Sie schellte an ihrer Haustür und wartete. Kurz danach hörte sie das schnarrende Geräusch des Türdrückers. Sie trat ein und ging langsam die Treppen hinauf.

Eva kam ihr entgegen. Sie war aufgeregt und rief über die Schulter ihrer Mutter zu:

„Ja. Ja! Es ist Barbara, Mami. Es ist Barbara!"

Eva umarmte Barbara flüchtig, lief zurück, nicht ohne ihr zuzurufen:

„Ich bin sofort fertig! Wir können gleich losgehen! Oh, was freue ich mich!"

Barbara blieb vor der Tür im Treppenflur stehen und wartete.

Evas Mutter erschien.

„Guten Morgen."

Sie sah verschlafen aus. Die tiefe senkrechte Falte zwischen ihren Augen erweckte den Eindruck, als hätte sie häufig Kopfschmerzen oder würde sich zu oft mit quälenden Gedanken beschäftigen.

Im Hintergrund weinte wieder das Baby.

„Kann man nicht wenigstens am Wochenende seine Ruhe haben?"

Laut und ärgerlich drang eine Männerstimme aus einem der angrenzenden Zimmer an ihre Ohren.

Eva sah ihre Mutter unsicher an.

Sie erwiderte ihren Blick. In diesem Blickwechsel lag ein Einvernehmen, das traurig, aber auch gleichzeitig auf merkwürdige Weise tröstlich wirkte. Es lag eine Intimität darin, deren Zeugin Barbara nur ungern war.

Frau Neumann gab ihrer Tochter einen kleinen Rucksack aus Plüsch in die Hand mit runden Ohren, Knopfaugen und einer Bärenschnauze, und dann musterte sie Eva von oben bis unten, zuckte mit den Schultern, seufzte leise und schob sie sanft auf Barbara zu.

Das Baby schrie.

„Wer ist denn da?"

Ein Mann trat aus einem der Zimmer heraus, mit nacktem Oberkörper und mit der Hand durch die von der Nacht zerwühlten Haare fahrend, blickte er Barbara überrascht an:

„Was wollen Sie denn hier?“

Er hat auffallend leuchtende blaue Augen, so blau, dass sie seinen Gesichtsausdruck beherrschen und man eigentlich nur sie wahrnimmt. Sie sehen mich unwillig und durchdringend an.

Er flößt mir Unbehagen ein. Ich fühle mich schwach in seiner Gegenwart. Und ich denke an die blauen Flecken an Evas Arm.

Er ist ein gut aussehender Mann mit dichtem dunklem Haar, gebräunter Haut, und er hat eine alles einnehmende Präsenz. Neben ihm wirken wir alle wie Randfiguren.

Eva schaute ihn an, ihr Blick eilte hin und her zwischen ihm und ihrer Mutter, die mit ihrem großen T-Shirt, das ihr bis zu den Oberschenkeln und an den Armen bis zu den Ellenbogen reichte, schmal, unscheinbar und zerbrechlich da stand, so müde wirkend, als müsse die Nacht erst jetzt für sie beginnen.

Das Babygeschrei war durchdringend und die Atmosphäre lud sich mehr und mehr mit Spannung auf. Barbara sagte nichts, lächelte nur schwach und nahm Eva bei der Hand.

„Auf Wiedersehen, bis heute Abend“, murmelte sie und dann eilten beide die Treppe hinunter, Eva, weil sie sich so sehr auf ihr Unternehmen freute und Barbara, weil sie keinen Laut von dem hören wollte, was sich hinter der lautstark geschlossenen Tür abspielen würde.

Die Sonne empfing sie, als sie aus der Haustür heraustraten.

Es war Wochenende und ruhig draußen. Viele Menschen saßen noch in ihren Wohnungen beim Frühstück, begannen den Tag mit mehr Ruhe als sonst, hatten die Geschäftigkeit der Arbeitswoche hinter sich gelassen. Bald würden sich die Straßen füllen mit Autos und Menschen, die ihre Samstagmorgeneinkäufe erledigten.

Sie machten sich sogleich auf den Weg zum Segelflugplatz.

Es würde eine Stunde dauern, eine Stunde mit der fröhlich schwatzenden Eva an ihrer Seite, die nun ihren Teddyrucksack auf dem Rücken trug und erzählte, dass ihre Mutter Kekse eingepackt hatte. Auch Barbara trug einen kleinen Rucksack mit sich, bepackt mit allem, was man für einen Tag auf Schusters Rappen brauchte.

Die Straßen waren still, es fuhren erst wenige Autos und die Sonne lockte und begleitete sie. Barbara vergaß den zwingenden, ärgerlichen Blick des Mannes, der ihr schon bei dieser kleinen Begegnung Angst eingeflößt hatte.

Über ihnen kreisten bereits die ersten Segler. Lautlos wie Vögel glitten sie dahin in großen weiten Bögen. Sie erreichten den Flugplatz.

Die Startbahn war eine riesige dichte grüne Wiese. Leuchtendweiß standen die Flugzeuge in der Warteposition. Sie waren leicht zur Seite gekippt, eine Tragfläche berührte den Boden. Männer und Frauen schauten zu oder schoben der Reihe nach jedes Flugzeug zum Startpunkt.

Nur wenige Besucher waren da, lehnten an der Umzäunung der Startbahn, deuteten mit den Zeigefingern in die eine oder andere Richtung, unterhielten sich, blickten nach oben und verfolgten den Flug der Segler. Die beiden Freundinnen gesellten sich dazu.

„Schau, Eva, an dem Flugzeug ist ein ganz starkes Seil befestigt. Da der Segler keinen Motor hat, kann es von allein nicht in die Luft steigen, und deshalb wird es ganz schnell mit dem Seil gezogen."

Eva hörte aufmerksam zu und beobachtete dabei den Vorgang, den Barbara ihr beschrieben hatte.

„Da! Jetzt rollt es ganz schnell und jetzt fliegt es hoch!"

„Ja, der Wind greift unter die langen Flügel und hebt es an, ganz steil nach oben. Jetzt braucht es das Seil nicht mehr, denn nun wird es von der Luft und dem Wind getragen."

„Aber was macht es denn mit dem Seil?"

Sie kniff die Augen zusammen, um besser erkennen zu können, was damit geschah.

„Es lässt das Seil los, damit es herunter fallen kann."

Eva war glücklich.

Ihre Augen strahlten. Sie kletterte auf die erste Sprosse der Umzäunung und zeigte aufgeregt auf eines der Flugzeuge vor dem Hintergrund des blauen Himmels, das sich im Sinkflug befand und nun zur Landung ansetzte. Eva beobachtete es mit aller Konzentration. Der Segler glitt mit gedämpftem Rauschen heran, setzte behutsam auf, rollte sehr schnell aus und kam zum Stehen.

Das Mädchen war tief beeindruckt. Gebannt verfolgte es erneut, wie das nächste Flugzeug durch die sich rasch aufspulende Seilwinde auf Fahrt gebracht wurde, dann im steilen Flug aufwärts driftete.

„Das ist toll! Noch nie habe ich so etwas gesehen! Ob es wohl schön ist, da oben zu sein? Ob sie uns sehen können? Und bestimmt sehen wir ganz klein aus. Ob sie wohl sehen können, wenn ich winke?"

Eva blickte unermüdlich zum Himmel, beschattete dabei ihre Augen und war sichtlich fasziniert. Lange schauten sie dem Treiben zu, beobachteten die segelnden Flugzeuge, deren Tragflächen wie die riesenhaften Schwingen eines großen Vogels wirkten.

Ich schließe die Augen für einen kurzen Augenblick und stelle mir vor, im Cockpit zu sitzen, herabzublicken auf die Stadt mit ihren bunten Dächern, den zahlreichen grünen Bäumen, die neben uns so mächtig in der Erde verwurzelt sind und deren Kronen so klein und spielzeughaft aus der Höhe wirken.

Ich sehe vor mir den Fluss unserer Stadt, wie er sich blaugrün durch die satten Wiesen schlängelt und den breiteren Kanal, wie er ganz gerade mit wenigen sanften Biegungen die Landschaft durchschneidet. Zwei Wasserstraßen, die hier in dieser Stadt ganz dicht beieinander liegen.

Ich sehe aus der Luft die Schleppkähne, wie sie in beide Richtungen streben, eine bunte fröhliche Stadt unter mir, aus der Perspektive des Fliegers freundlich und lockend, alle Traurigkeiten und Zweifel vor den Augen verbergend.

Wie wunderbar wäre es, von Zeit zu Zeit die Welt aus den Augen eines Segelfliegers zu sehen und zu hören. Für eine kurze Zeit, einen herrlichen Augenblick lang Abstand zu nehmen von allem, was uns bedrückt, alles hinter und unter uns lassend, die Ungebundenheit und Freiheit eines Vogels zu spüren, sich der Illusion hingeben, dass auch wir Menschen uns jederzeit in die Lüfte erheben können.

„Ja, Eva. Es muss ganz wunderschön sein. Sicherlich können sie sehen, wenn du winkst, und ganz sicher freuen sie sich sehr darüber."

*

Eva fasste Barbaras Hand und sie liefen entlang der Startbahn. Inzwischen waren eine Menge Leute unterwegs, viele mit dem Fahrrad. Die meisten lachten und genossen den Sommertag und das mittlerweile schon einige Tage lang anhaltende sonnige Wetter.

Eva hatte Kaninchen entdeckt, die mit ihren weißen Schwänzchen keck vor ihnen her hoppelten, dann sich umwandten, hinhockten und sie mit runden schwarzen Augen beobachteten.

Sie waren am Ende der Wiese angekommen und schauten noch eine Weile den Menschen bei der Arbeit an der Seilwinde zu. Den Blick zum Himmel gerichtet beobachteten sie, wie sich das Seil löste, der kleine Fallschirm öffnete, den Fall des eisernen Hakens bremste, zu Boden fiel und auf die Wiese prallte.

Schließlich umrundeten sie das Feld und gingen weiter in Richtung des Kanals und seiner Schleuse.

An den Ufern ankerten einige Schleppkähne. Barbara und Eva betrachteten sie, schauten sich ihre Ladung an und widmeten ihre besondere Aufmerksamkeit den Kajüten. Sie sahen so gemütlich und einladend aus mit ihren kleinen Fenstern, die manchmal mit kurzen hübschen Gardinen verziert waren, die nichts verbargen, stattdessen das Fenster verschönerten. Sie blickten neugierig in das Innere der Kajüten und überlegten, wie es wohl wäre, mit einem solchen Kahn zu reisen. In den winzigen Stuben sah es behaglich aus.

Eva konnte nicht glauben, dass man in einem solchen kleinen Schiffshäuschen wohnen kann, den ganzen Tag auf dem Wasser unterwegs ist und jeden Abend woanders anlegt. Aber es gefiel ihr und an einem Kahn blieb sie besonders lange stehen. Er lag tief im Wasser und war hoch aufgehäuft mit Kohle beladen. Im Augenblick war er fest vertäut und wartete darauf, durch die Schleuse zu fahren.

Eva buchstabierte den Namen des Schiffes:

„F.. o.. r.. t.. u.. n.. a… Ob wir wohl mal auf das Schiff dürfen?"

Gerade wollte Barbara Eva erklären, dass das nicht möglich sei, da hörten sie:

„Aber sicher doch! Kommt ruhig rüber! Ihr könnt mit durch die Schleuse fahren."

Aus der Steuerkabine trat ein älterer Herr hervor, lächelte sie an und streckte die Hand aus, um ihnen auf den Kahn zu helfen. Noch bevor Barbara etwas einwenden konnte, hatte Eva schon die Hand ergriffen, machte einen großen Schritt und kurz danach folgte auch sie ihr und betrat das Schiff.

Wir strahlen uns an und finden es einfach wunderbar.

Sie folgten dem Herrn in die Steuerkabine und Barbara wurde ein Sitzplatz auf einer Holzbank angeboten. Eva sollte sich hinter das Steuerrad stellen, damit sie „das Schiff gleich fahren" könne. Darauf ließ der Mann sie einen Augenblick allein, löste die Taue, und dann nahm Barbara erst wahr, dass der Motor bereits in Betrieb war.

Ihr Gastgeber kehrte wieder zurück und Eva begann ihre erste Fahrt mit einem Schiff. Sie drehte das Steuerrad nach Leibeskräften, das Gesicht gerötet und voller Konzentration verfolgte sie gebannt die langsame Fahrt des Kahns.

Allmählich schob sich der von ihnen so weit entfernte Bug, an dem sie einen jungen Mann bei der Arbeit sahen, auf die schmale Einfahrt der Schleuse zu. Barbara hielt es kaum für möglich, dass das Schiff mit voller Breite hindurch passte, aber sie wurde eines Besseren belehrt. Der Kahn wurde in den engen Durchgang der Schleuse manövriert und darin erneut vertäut. Und nun hieß es warten.

Ich genieße diesen Augenblick, bin mir bewusst, welches Glück wir hatten, gerade vor dem Schleppkahn dieses freundlichen Herrn gestanden zu haben, und die Freude wird noch größer, als er in die Kajüte geht und ein altes, rotes Akkordeon mitbringt.

Dann stellte er sich auf Deck, schulterte das Instrument, suchte festen Halt und spielte auf.

In meiner Brust hüpft und springt es. Ich freue mich, bin so leicht und beschwingt wie schon lange nicht mehr und das andächtig lächelnde Gesicht von Eva spiegelt diese Freude wieder.

Eva hatte sich zu Barbara auf die Bank gesetzt und sie hatte ihren Arm um sie gelegt. Beide schauten sie dem Herrn beim Spielen zu, wiegten sich im Takt, sangen leise mit.

Er unterbrach sein Spiel einige Male, weil der Wasserstand stetig stieg, die Taue gelöst und an höherer Stelle wieder neu befestigt werden mussten.

Schließlich war das Schiff auf den Wasserstand der anderen Seite angehoben. Der Herr legte sein Akkordeon zur Seite und sie applaudierten ihm. Es war an der Zeit, den Kahn zu verlassen, und sie verabschiedeten sich.

Mit großem Schritt hatte sie das Land wieder, und dann standen sie ein wenig wankend am Ufer und winkten so lange, bis sie zwar den Kahn, aber seinen Kapitän nicht mehr sehen konnten. Irgendwann mündete der Kanal in den großen Fluss und dann würde ihn seine Fahrt stromabwärts führen. Am Zielpunkt schließlich würde die kleine Besatzung die Ladung löschen, in mühseliger Arbeit das Schiff reinigen, es neu mit Korn beladen und zurückkehren.

„Das war schön, Barbara! Noch nie habe ich so etwas erlebt."

„Ich auch nicht, meine Kleine, ich auch nicht."

Von heute an werde ich die Kähne mit anderen Augen sehen.

Ich werde ihre Namen lesen, werde mir vorstellen, woher sie kommen und wohin sie reisen werden. Ich werde an die Menschen denken, die sie fahren und bewohnen, wie sie arbeiten und wie glücklich oder unglücklich sie sind. Vielleicht ist ihr Leben nicht so romantisch, wie es uns erscheint, aber dieser liebenswürdige alte Herr hat uns für eine herrliche Stunde Glück geschenkt, eine der überraschendsten und romantischsten Stunden meines Lebens.

Ihr Rückweg führte sie immer an der Wasserstraße entlang.

Sie wechselten auf die andere Uferseite, wo das Wasser seicht war und an einigen Stellen Schwäne schwammen. Dort setzten sie sich auf die Steine, packten ihren Proviant aus: Kekse, Saft und Obst. Für sich selbst hatte Barbara eine Thermoskanne mit Kaffee mitgebracht.

Sie schenkten sich ein, aßen ihre Plätzchen und schauten den vorbeifahrenden Kähnen zu, wie sie einen Schweif glitzerndes Wasser hinter sich herzogen. Und auf den höheren Wellen, die entstanden, wenn der Bug das Wasser zu beiden Seiten verdrängte, schaukelten die Schwäne, lautlos, gelassen und anmutig in ihrer vollkommenen Schwimmkunst.

Eva sprach nicht viel. Ihre Unruhe hatte sich verloren und übrig geblieben war ihre Fähigkeit, die Dinge zu beobachten und den Augenblick zu genießen. Sie saß ein wenig vor Barbara unmittelbar am Wasserrand, stellte ihren Saftbecher dicht neben sich immer wieder auf einem Stein ab, wenn sie getrunken hatte.

Plötzlich sprang sie aufgeregt auf:

„Da sieh nur, dort ist Buddy!"

Auf der anderen Seite des Kanals hatte sie einen schwarzen Hund entdeckt, den sie aus der Nachbarschaft kannte. Dabei stieß sie ihren Becher um. Er rollte den Stein hinunter und fiel mit einem leichten Plumps ins Wasser. Eva starrte kurz auf den schwimmenden Becher und den vergossenen Saft, der allmählich in das Kanalwasser tröpfelte, richtete dann sofort den Blick auf ihre Begleiterin. Barbara sah soviel Schrecken in ihrem Gesicht, wie sie es noch nie gesehen und auch nicht für möglich gehalten hatte.

„Entschuldige…ich wollte das nicht…hab es nicht absichtlich getan…Entschuldige…"

„Eva…"

Barbara streckte ihre Hand nach ihr aus. Sie zuckte zusammen, zog den Kopf zwischen die Schultern und schaute unaufhörlich zu Boden.

„Eva, komm her. Es ist nicht schlimm."

Eva schaute auf, suchte in ihrem Gesicht. Die Haltung des Mädchens entspannte sich ein wenig. Vorsichtig näherte sie sich Barbara, die sie behutsam zu sich herunter auf den Stein zog und umfasste. Eva ließ es geschehen, dann fing sie zu weinen an.

„Ach Eva, es ist gar nicht schlimm. Du brauchst keine Angst zu haben. Ich verspreche dir, dass ich dir niemals etwas tun würde. Niemals."

Sie wartete, bis sie zu weinen aufgehört hatte.

Haben wir uns gefunden, damit wir einander Trost spenden? Wie konnte ich nur so lange ohne die tröstende Gegenwart dieses kleinen Mädchens leben? Weißt du, wie glücklich es mich macht, deinen Schmerz zu lindern, und wie traurig ich darüber bin, dass dich solche kleinen Ereignisse so sehr aus der Fassung bringen?

Der gelbe Becher trieb auf dem Wasser. Langsam begann er, sich zu entfernen. Barbara stand rasch auf, schaute sich nach einem Stock um, mit dem man den Becher retten könnte.

Mit einem morschen Stück Holz kam sie zurück zu ihrer kleinen Freundin. Sie reichte es ihr und Eva bemühte sich, den Becher heran zu ziehen. Es gelang ihr. Sie fischte ihn aus dem Wasser und war sichtlich erleichtert, reichte ihn Barbara mit lächelndem Gesicht.

Der Weg nach Hause längs des Kanals war noch weit.

Eva war müde, das Laufen fiel ihr zusehends schwerer. Der Weg war weniger lang mit einem Spiel. Jeder von ihnen durfte sich im Wechsel die Anzahl der Schritte wünschen, die sie als nächstes gehen wollten. Sie wünschten und zählten, konzentrierten sich auf ihre Schritte und schließlich kamen sie nach Hause.

Vor der Haustür nahm Barbara noch einmal Eva in den Arm, streichelte ihr über das Haar.

„Es ist so schön, dass wir beide uns getroffen haben und Freundinnen geworden sind. Meinst du nicht auch?"

„Ja, und es war ganz ganz prima heute, nicht wahr?"

„Ja, das war es. Wenn du möchtest, kannst du Morgen vorbeikommen. Ich werde auf jeden Fall einen Kuchen backen. Welchen magst du denn besonders gern?"

Sie überlegte einen Augenblick.

„Kekskuchen mit viel Schokolade."

Sie schellten und warteten.

Erst zwei Minuten später öffnete sich die Tür.

Eva drehte sich noch einmal um und lächelte. Dann fiel die Tür hinter ihr ins Schloss.

*

Es war Abend. Barbara saß auf ihrem Balkon.

Auf dem Tisch stand ein Glas mit einer brennenden Kerze darin. Die Flamme flackerte leicht.

Sie hüllt diesen kleinen Ort in warmes, sanftes Licht. Es harmoniert auf wunderbare Weise mit der lauen, weichen Luft, die noch immer die Wärme des Tages in sich gespeichert hat.

Ich lehne den Kopf in den Nacken, lächle und atme tief aus, schließe die Augen und ganz langsam ziehen die Bilder des Tages an mir vorüber, klingen alle Laute, alle Töne dieser Stunden in mir nach, brauche ich keine Fotografien, keine Aufzeichnungen.

Schon jetzt weiß ich, dass ich jedes Bild wie in einem Album aufbewahre. Die herrlichsten Momente erfahren wir offenbar immer dann, wenn wir sie nicht erwartet haben. Sie überraschen uns wie ein unverhofftes Geschenk.

Ich hatte mich auf den Tag gefreut, wusste, dass er schön werden wird, einfach schon deshalb, weil Eva mir Gesellschaft leistete. Aber dieser Tag war auch so wohltuend, weil ich mir selbst genügte, weil ich mich wieder eins fühlte mit allem, was um mich herum geschah.

Ich stehe auf meiner Lichtung, breite die Arme aus.

Hier bin ich. Hier bleibe ich. Hier lebe ich.

Der dunkle Pfad rückt von mir ab, mehr und mehr.

Es war Sonntag. Barbara hörte das Läuten der Kirchenglocken.

Wie oft habe ich sie gehört und vergehen lassen wie das Motorengeräusch eines Autos auf der Straße. Doch heute erscheint mir der Glockenton warm zu sein, und mir ist, als würde er mich mit seinem Klang rufen. Er heißt alle Menschen in unserem Stadtteil willkommen, aber nur wenige werden diesem Ruf folgen. In den Gottesdiensten wird uns Hilfe und Beistand versprochen und zahllosen Menschen auch gegeben. Dennoch gehen so viele nicht hin, bleiben Bänke leer.

Haben die Menschen alles, was sie brauchen? Stehen sie alle fest in ihrem Leben, haben sie jederzeit die Orientierung, die ihnen die Richtung weist? Brauchen sie nicht den Kontakt in der Gemeinde? Hat niemand außer mir erfahren, was Einsamkeit ist, was Verlassenheit bedeutet? Ich bin schon lange nicht mehr zur Kirche gegangen, habe irgendwann aufgehört zu beten, mich von Gott und den Menschen abgewandt, mir Fragen gestellt und mich darin geübt, mir selbst zu antworten. Das Gefühl der Verlassenheit, das darauf folgte, war so allumfassend.

Was erwartete ich von Gott? Können wir überhaupt etwas von ihm erwarten? Wir wünschen uns, dass er alle Dinge zum Guten richtet, dass er unsere Gebete erhört, für uns da ist, wenn wir ihn brauchen. Wir hätten gern, dass Gott für uns handelt. Wie viele Menschen wenden sich ab, weil sie in dieser Erwartung enttäuscht wurden. Auch ich. Wir wissen, dass Gott mächtig ist, doch auf welche Weise gebraucht er diese Macht?

Sollte Gott mir nahe gewesen sein, obwohl ich nichts mehr von ihm wissen wollte, so spürte ich es nicht, denn ich hatte alle Verbindungen durchtrennt. Vielleicht stand er an meiner Seite, obwohl ich ihm böse war, an seiner liebenden Fürsorge zweifelte, vielleicht litt er mit an meiner Traurigkeit und vielleicht… schickte er mir das Kind. Das Kind…

Ich hätte Eva abweisen können. Beinahe tat ich es. Aber dann habe ich sie dazu verlockt, abermals zu kommen und ihr dann immer wieder aufs Neue die Tür geöffnet.

Vielleicht hatte Gott mir die Hand gereicht. Vielleicht müssen wir einfach darauf achten, wann Gott uns seine Hand hinstreckt und dann nicht zögern und sie ergreifen. Aber wie schwer ist es oft, die dargebotene Hand zu erkennen! Nur mit dem Herzen sehen wir sie. Und wie oft sind gerade die Herzen verschlossen.

Ich hebe mein Gesicht und schaue zum Himmel und sehe, wie leuchtend seine Farbe ist, staune darüber und weiß, dass irgendwann wieder dunkle Wolken aufziehen werden, dass sie mich täuschen, ihr böses Gaukelspiel mit mir treiben, die Weite des Himmels vor meinen Augen verstecken wollen. Aber ich werde mich erinnern, dass Wolken zwar kommen, aber auch gehen, und obwohl sie noch gar nicht ganz vorüber gezogen sind, obwohl noch der Regen fällt, ahne und sehe ich schließlich einen Regenbogen, gleich einer Brücke, die geradewegs in das Himmelsblau hinein führt.

Der Kekskuchen war zubereitet, voller Schokolade, so, wie es Eva am liebsten mochte. Jetzt fehlte noch das Kind.

Ich denke an den Moment, als Eva gestern in der Haustür verschwand, müde und glücklich. Wie wird man sie empfangen haben? Erhielt sie Gelegenheit, von ihren Erlebnissen zu erzählen?

Barbara wartete.
Der Nachmittag verstrich. Im Kühlschrank stand der Kuchen, damit die Schokolade schön kalt und knackig blieb. Barbara kochte sich einen Kaffee, schnitt dazu eine Scheibe des Kuchens ab.

Er würde dir schmecken, meine Kleine.

Eva kam nicht. Barbara ging ins Bett und dachte an sie. Sie faltete ihre Hände und bat in einem stummen Gebet:
„Herr, beschütze sie. Mach, dass ihr kein Unrecht geschieht. Bewahre ihr die Freude am Leben."

Tage vergingen.

Sie gingen dahin und Eva besuchte sie nicht.

Ich weine noch oft, aber es sind heilende Tränen, die meine Traurigkeit hinweg-spülen. Das Leben hat mich wieder in seine Arme genommen. Aber ich mache mir große Sorgen um die Kleine.

Mein zartes, zerbrechliches Glück hatte mit Eva begonnen und ist nach wie vor eng mit ihr verbunden. Ich habe Eva lieb gewonnen, und wenn man einen Menschen liebt, wünscht man ihm, dass es ihm wohl ergehe. Aber ich weiß, dass es Eva nicht gut geht.

Was kann ich nur tun?

Es war früher Abend.

Barbara verließ für einen kleinen Spaziergang ihre Wohnung, lief an den Häusern ihrer Nachbarschaft vorbei, schaute in die teilweise schon erleuchteten Fenster. An manchen hingen keine Vorhänge oder sie waren zur Seite gezogen, so dass man die Menschen in den Zimmern sehen konnte.

In einigen Wohnungen nehme ich gespenstisch das spotähnliche blaue Aufflackern von Fernsehbildern wahr, von keinen Geräuschen begleitet. Manche der zuschauenden Menschen sind nicht sichtbar, weil die Sessellehnen über ihre Köpfe hinwegragen.

In einer anderen Wohnung sehe ich eine Familie um einen Tisch herum sitzen. Ihre Köpfe sind gebeugt. Ich kann nicht erkennen, was sie tun. Vielleicht essen sie gemeinsam, vielleicht sind sie in ein Spiel vertieft.

Manche Menschen sehe ich in einem Sessel sitzen, die Beine auf einen Hocker gelegt, lesen sie.

Noch während ich an einem Haus vorbeilaufe, höre ich schon leise Musik. Sie dringt aus dem geöffneten Fenster der nächsten Wohnung. Ein junger Mann steht dort, die Violine unter das Kinn gepresst, führt er seinen Bogen über die Saiten, blickt er auf die vor ihm aufgeschlagenen Noten und entlockt dem Instrument leichte melodiöse Klänge.

Barbara blieb einen Augenblick stehen und hörte zu.

Die Töne sind nicht eingesperrt, entweichen durch das offene Fenster hinaus in die Abendstille, was seltsamerweise die Ruhe noch unterstreicht.

Es war schwül, ihre Haut war feucht, obwohl Sie nur eine leichte Bluse mit kurzen Ärmeln trug.

Ich höre zu, und im Weitergehen sage ich dem jungen Mann ein leises Dankeschön für diesen kleinen unverhofften Musikgenuss. Ob er weiß, dass Menschen, die vorüber gehen, innehalten und den Klängen seiner Violine lauschen?

Hundert Meter vor ihr sah sie ein Kind, das einen Kinderwagen vor sich her schob. Es wandte ihr den Rücken zu, entfernte sich von ihr. Sie ging schneller, hatte eine Ahnung, wer es sein könnte.

Tatsächlich. Es ist Eva.
   Ich will sie nicht erschrecken.

Sie rief sie leise.
   Sofort drehte das Kind sich um und sogleich ging ein Lächeln über sein Gesicht, als es Barbara erkannte. Sie ging auf Eva zu.
   „Hallo, meine Kleine. Ist es nicht zu spät, um dein Schwesterchen spazieren zu fahren?"
   „Sie hat so viel geschrieen, da hat er gesagt, ich solle sie aus dem Haus schaffen, damit mal endlich Ruhe ist."

Es ist merkwürdig. Dem Freund ihrer Mutter hat sie den Namen „Er" gegeben. Menschen, die uns nicht nahe stehen, sind namenlos.

Evas Blick war unstet. Sie schaute Barbara nicht direkt an.
   „Darf ich mit dir spazieren gehen?" fragte sie das Mädchen.

„Ja, das wäre schön. Hast du auf mich gewartet?"

Eva schob den Kinderwagen, während sie weitergingen. An den Bordsteinen schaffte sie es, ihn behutsam hinauf und hinunter zu bugsieren.

„Ja, ich habe auf dich gewartet. Und der Kekskuchen mit viel Schokolade auch."

Sie lächelte Eva an.

„Ich durfte nicht kommen. Ich muss jetzt viel auf meine Schwester aufpassen, damit sie nicht so viel schreit."

„Was ist denn mit deinem großen Bruder? Kann er nicht auch einmal auf das Baby acht geben?"

„Er ist ja nie zu Hause. Wenn er aus der Schule kommt, geht er sofort wieder weg."

„Und wie geht es deiner Mami?"

Sie schwieg, konzentrierte sich auf das Schieben des Kinderwagens.

Nach einer Weile sagte sie:

„Ich habe ihr Blümchen gepflückt. Genau wie dir. Sie hat sich sehr gefreut."

„Das war wirklich sehr lieb von dir."

Sie redeten nicht mehr.

Ich laufe neben Eva her, und mein Wunsch, dieses Kind glücklich zu sehen, ist sehr groß.

„Möchtest du einmal etwas sehr Schönes hören?"

„Ja, aber was denn?"

Barbara schwenkte mit ihr nach rechts. Sie kürzten die Runde um die Häuserblocks ab und kamen dort hin, wo sie vorbei kam, bevor sie Eva entdeckte.

Der junge Mann spielte noch immer. Sie hörten seine Musik schon, noch bevor sie das Haus erreicht hatten. Sie blieben stehen. Eva hatte noch nie eine Violine gehört. Sie lauschte andächtig und lächelte Barbara an.

„Das ist sehr schön. Ob es schwer ist, so zu spielen?"

„Ja, es ist nicht leicht. Aber wenn man Musik liebt und viel übt, kann man es schon bald ein wenig und sich selbst und andere damit glücklich machen."

Eva hatte geschellt. Ihre Mutter kam herunter, um den Kinderwagen ins Haus zu holen. Sie wirkte müde und zerstreut. Ihre Augen sahen wieder verweint aus, aber sie freute sich, Barbara zu sehen.

„Er wollte nicht, dass Eva Sie trifft."

„Er" hatte auch für sie keinen Namen.

„Er meint, Sie seien eine Fremde und unsere Angelegenheiten gingen Sie nichts an. Es tut mir Leid. Eva war so glücklich nach dem Tag mit Ihnen."

„Was meinen Sie, dürfte sie Morgen wieder zu mir kommen? Ich würde gern wieder einen kleinen Ausflug mit ihr machen. Ich habe sowieso erst nach der Arbeit Zeit."

„Ja, ich werde dafür sorgen, dass es geht. Wenn sie nicht kommt, hat es nicht geklappt."

„Ich warte auf Eva um vier Uhr."

Eva hatte zwischen beiden Frauen hin und her geblickt und mit großem Interesse ihr Gespräch verfolgt. Jetzt freute sie sich.

„Ach ja, bitte, Mami, erlaube es mir."

Sie verabschiedeten sich.

Ich gehe zurück in meine Wohnung, in die auch am Abend das Licht zurückgekehrt ist.

Als Barbara eine Stunde früher als üblich von der Arbeit nach Hause kam, war Eva schon da.

Als wäre nichts gewesen, saß sie wieder auf den Treppenstufen vor der Haustür. Sie trug ein fadenscheiniges Hemdchen und eine kurze blaue Hose. Ihre Haut war in den letzten Tagen leicht gebräunt, aber ihre Beine waren so dünn, dass sich die Kniegelenke als knöcherne Kugeln unter der Oberfläche abmalten. Ihre nackten Arme sahen fleckig aus.

Sie blickte Barbara lächelnd an.

„Endlich bist du gekommen. Wo gehen wir hin, Barbara?"

„Wir können sofort aufbrechen, aber heute fahren wir erst einmal mit dem Auto."

Eva schaute zuerst sie, dann das parkende Fahrzeug an.

„Meine Mami hat kein Auto. Aber als mein Papa noch bei uns wohnte, hatten wir eines."

Sie ging mit Eva in ihre Wohnung und dort kleidete Barbara sich um.

Die wohlige sommerliche Wärme hatte sich längst in drückende Schwüle verwandelt. Barbara schwitzte fortlaufend und den ganzen Tag über lag ein feuchter Film auf der Haut. Als hätte jemand an einem Rädchen die Geschwindigkeit des Lebens reguliert, lief, arbeitete, dachte und bewegte sich alles langsamer. Die Schwüle lastete auf den Menschen, kroch in ihre Körper und nahm ihnen jegliche Vitalität, lähmte ihren Geist. Hektik und Eile schienen weit weg, einer anderen Zeit anzugehören. Selbst das Lächeln bereitete Mühe, stattdessen waren die Gesichter ernst, wirkten bei manchen Leuten leidend. Man wünschte sich ein Ende der bleiernen Hitze.

Eva und Barbara fuhren eine Viertelstunde bis an einen Waldrand. Dort stiegen sie aus und schlugen sofort einen Weg ein, der direkt in den Wald hinein führte.

Es empfing sie eine angenehme Kühle. Als Eva sah, dass sie in den Wald einbogen, fasste sie Barbaras Hand. Sie war feucht, aber das schien Eva nicht zu stören. Sie hielt sie fest. Vielleicht fürchtete sie sich ein wenig.

Barbara machte eigentlich allein keine Waldspaziergänge, aber dieser Weg wurde häufig begangen. Er führte zu einem kleinen Gasthof, der wie ein Hexenhäuschen inmitten der vielen Bäume versteckt lag.

Die Stille des Waldes wird begleitet vom surrenden Lied der Insekten, oder ist es umgekehrt? Ist es die herrliche, wohltuende Ruhe, die das Summen und die leise knackende Musik der Bäume untermalt?
Ich fühle mich erfrischt und erleichtert.

Sie schritten voran und unter ihren Füßen zerbrachen die herab gefallenen Zweige, spürten sie den weichen, federnden Boden, der von vielen Schichten vermodernder Tannennadeln und Blättern bedeckt war.

Im Gehölz rumorte es, dennoch konnten sie kein Tier entdecken. Die Bewohner des Waldes hielten sich vor ihnen verborgen. Nur zu ihren Füßen sahen sie die Ameisen, wie sie emsig hin und her liefen. Sie blieben stehen und Eva betrachtete sie eingehend.

„Schau mal, sie tragen Tannennadeln."

Barbara zeigte Eva einen Ameisenhügel und erklärte ihr, dass dort ein ganzes Volk lebte, so wie die Menschen eine Stadt bewohnen. Eva hörte aufmerksam zu. Sie bückte sich und schaute sich den Hügel und seine Bewohner ganz nah und genau an.

Sie hörten leise Stimmen.

Nach einer Biegung sehen wir noch fern von uns in der vollkommenen Harmonie der braunen und grünen Farben des Waldes wie einen Fremdkörper die Flecken bunter Kleidung.

Ein Pärchen kam ihnen entgegen. Es hatte einen großen Hund an der Leine, der in der Schnauze mit stolz aufgerichtetem Kopf und angespanntem Nacken ein dickes Stück Ast trug.

Eva bestaunte den Hund. Die Leute blieben stehen und gaben ihr Gelegenheit, ihn zu streicheln. Der Hund war gänzlich unbeeindruckt. Er ließ sein Holz nicht fallen, hielt es fest und wartete geduldig, bis sie weitergingen.

Der Wald wurde zunehmend dunkler, als wäre es bereits später Abend. Barbara und Eva blickten zum Himmel und sahen, wie grau, überzogen von einem gelblichen Schimmer, er war. Es würde regnen und sie würden das Gasthaus nicht rechtzeitig erreichen.

Die ersten Tropfen fallen bereits, und jeder Tropfen, den ich einzeln auf meiner Haut spüre, bringt eine wunderbare, prickelnde Kühle mit sich. Ich bekomme eine Gänsehaut.

Eva schaute zum Himmel und lachte.
    „Jetzt werden wir nass, Barbara. Wir haben keinen Schirm dabei."
    „Nein, einen Schirm haben wir nicht, aber es gibt hier einen Unterstand."
    Sie beschleunigten ihren Schritt, aber es genügte nicht, dem Regen davon zu laufen und schließlich rannten sie.

Es ist befreiend. Wie lange bin ich nicht mehr gelaufen!

Barbara rannte und keuchte und breitete die Arme aus.

Jetzt, jetzt fällt das Glück herab. Es meint mich. Ich werde es nicht versäumen und werde es auffangen.

Sie lachten und Eva hatte sichtlich Vergnügen. Dabei ließ sie, seit sie den Wald betreten hatten, zum ersten Mal ihre Hand los.
    Sie sahen den hölzernen Unterstand am linken Wegrand stehen. Kaum erreichten sie ihn atemlos, prasselte der Regen nieder mit großer Kraft, nur wenig aufgehalten durch die dicht aneinander stehenden Bäume. In der Ferne hörten sie das grollende Geräusch des Donners, kurz darauf den krachenden Einschlag eines Blitzes.

Sie saßen auf einer einfachen, rohen Bank aus Holz, hinter ihnen und an den Seiten durch Wände abgeschirmt. Eva rückte nah an Barbara heran. Sie legte ihren Arm um das Kind, streichelte ihm über die Schulter. Und dann schauten sie dem Regen zu, wie er hernieder strömte, hörten das plätschernde Geräusch des Wassers, als es vom Dach des Unterstandes herunter floss, sahen zu, wie sich rasch auf dem unebenen Boden des Waldweges Pfützen bildeten.

„Hast du Angst, Eva?"
„Nein, du bist ja bei mir…"

Ich drücke sie leicht, und eine Welle der Zärtlichkeit für dieses kleine fremde, mir inzwischen so vertraute Mädchen, durchfließt mich. Wieder ein Augenblick heilsamer Intensität, den ich in Evas Gegenwart erlebe.

Wassertropfen fielen durch das undichte Dach auf ihr Haar. Sie rückten zur Seite und beobachteten, wie die Tropfen neben sie auf dem hell verwitterten Holz der Bank schwarze Flecke hinterließen.

Wir frieren beide ein wenig in unserer feuchten Kleidung, doch dieser schöne kostbare Moment der Nähe zueinander wärmt unser Inneres.

Der Regen hörte auf. Noch immer grollte es am Himmel. Aber dennoch endete dieses Sommergewitter so rasch wie es über die Erde hereingebrochen war.

Sie standen auf und setzten ihren Weg zur Waldschenke fort.

Viele Pfützen waren bereits im trockenen Boden versickert, aber an manchen Stellen weichte der Weg langsam auf und bezog sich mit einer dünnen matschigen Schicht. Obwohl sie die Wasserlachen umliefen, wurden ihre nackten Füße in den Sandalen nass, klebte modriges Laub an ihnen.

Vor ihnen lag der Gasthof wie eine heimelige Oase. Inmitten eines Meeres von Bäumen lud er sie ein. Davor befand sich zu Evas großer Freude ein kleines Gehege mit Rehen. Eva blieb an der Umzäunung stehen und streckte die Hand aus. Sie versuchte, die Tiere mit leisem Rufen heran zu locken. Die Rehe waren aber scheu, hielten Abstand und beobachteten Eva aus ihren schönen sanften braunen Augen.

Sie betraten die Gaststube und suchten sich einen Tisch in einer heimeligen Ecke des Raumes, bestellten sich jeder eine Suppe und ein Getränk. Während sie auf ihr Essen warteten, merkten sie, wie hungrig sie waren.

Nur wenige Menschen saßen an den Tischen. Es war ein normaler Wochentag, und die träg machende Hitze hatte auch ihren Teil dazu beigetragen, dass die meisten Menschen lieber zu Hause geblieben waren.

„Wie geht es deiner kleinen Schwester, Eva? Schreit sie immer noch soviel?"

„Ja."

Eva nickte und wieder sah Barbara ihren verschlossenen Blick, wenn sie auf ihre Familie zu sprechen kam.

Ich denke, dass es Eva gut tun könnte, über ihr Leben zu Hause zu erzählen, aber Eva möchte es nicht. Stattdessen sehe ich, dass es ihr Unbehagen bereitet. Sie durchlebt und durchleidet die Tage wie sie kommen, aber sie ist stets achtsam und bereit für ein kleines Glück.

Jetzt saß Eva am Tisch, hielt ihren Löffel in der Hand und rührte ihre Suppe so heftig, dass Tropfen auf das Tischtuch spritzten. Sofort sah sie Barbara erschrocken an.

„Rühr einfach etwas vorsichtiger. Du kannst das schon."

Sie lächelte sie aufmunternd an und tupfte die Tropfen mit der Serviette auf. Der Schrecken verschwand aus Evas Gesicht und sie begann langsam und konzentriert zu essen.

Barbara bestellte noch einen süßen gefüllten Pfannkuchen und einen extra Teller dazu. Als er serviert wurde, schnitt sie den Pfannkuchen in der Mitte durch, hob eine Hälfte auf den zweiten Teller und schob ihn zu Eva hinüber. Das Mädchen strahlte und bemühte sich, ihn mit Messer und Gabel zu essen. Es fiel ihm nicht leicht, aber es machte ihm Spaß und es schmeckte ihm ganz offenkundig.

Sie unterhielten sich über den Regen, über das Gewitter, über die Rehe, den Hund.

Zu allem hat Eva sich Gedanken gemacht, zu allem hat sie ihre Sicht der Dinge. Sie betrachtet alles mit kindlicher Ehrfurcht und Aufmerksamkeit, hat sich Einzelheiten gemerkt, die ich nicht wahrnahm. Sie weiß genau, wo die Rehe standen und wie sie einander zugewandt waren, sie weiß, welche Farben das Fell des Hundes hatte. Sie kann mir das Holz beschreiben, das er trug.

Sie erinnert sich an eine ganz bestimmte Pfütze und an einen Pilz, der am Wegrand wuchs, und sie erzählt mir, dass sie darüber nachdachte, ob man ihn wohl essen könne oder nicht.

Schließlich gingen sie den Weg zurück.

Die Natur glänzt feucht und wirkt wie mit frischem klarem Lack überzogen. Über allem liegt ein leichter dampfender Dunst. Der betörende Duft des Waldes hat sich durch den Regen intensiviert. Ich atme tief ein und schon jetzt weiß ich, dass ich mir auch Morgen diesen Geruch in Erinnerung rufen kann.

Sie fuhren nach Hause und Barbara brachte Eva zu ihrer Haustür, wartete, bis sie sich geöffnet hatte. Eva winkte ihr noch einmal zu, bevor sich die Tür hinter ihr schloss.

Wieder mache ich mir Sorgen, dass dieser kleine Abschied ein großer sein könnte, ohne dass ich es wüsste.

In wenigen Tagen würde Barbara Urlaub haben.

Für manche meiner Arbeitskolleginnen hat dieses Wort einen geradezu magischen Klang. Sie freuen sich schon Monate vorher, machen Pläne, geben auf ihren Reisen viel Geld aus und kommen oft enttäuscht zurück, weil sich ihre hohen Erwartungen nicht erfüllt haben. Irgendetwas hatte gefehlt oder entsprach nicht den Vorstellungen, oder der Urlaub wurde getrübt von Streit und schlechter Laune.

Ich freue mich schon lange nicht mehr auf meine Ferien, denn nichts wirkt so beklemmend wie Zeit im Überfluss, die man nicht zu nutzen weiß. Sie ist wie ein Geschenk, das man nicht haben, das man verstecken will, weil es nicht zu einem passt. Dabei spielt es keine Rolle, wie teuer es war, welchen Wert es vielleicht für andere haben könnte.

Dieses Mal ist es anders: Ich möchte mit Eva verreisen, möchte mit ihr ans Meer fahren, möchte, dass sie im Sand spielen kann, will mit den bloßen Füßen durch das Wasser waten… Welche Chance habe ich, dass Evas Mutter das erlaubt? Sie wird ihrer Tochter eine Reise nicht bezahlen können, vielleicht auch nicht wollen. Vielleicht wird ihr Vertrauen zu mir nicht groß genug sein. Vielleicht wird ,er' Einwände haben.

Barbara wird in den nächsten Tagen Geburtstag haben und achtundfünfzig werden.

Noch vor zwei Wochen erschien mir dieser Zeitpunkt wie die Verheißung neuer, endlos erscheinender Bitternis, aber die vergangenen Tage haben meinem Leben Farben und Wärme gegeben. Das Licht, das mit Eva kam, lässt sich nicht mehr aussperren, es erhellt meine Tage, meine Abende, meine Nächte. Es ist ein Geschenk, das so wertvoll ist, dass ich es in eine Schatulle legen und aufbewahren möchte, damit es nie mehr entweichen kann. Aber das Licht lebt davon, dass es sich ausbreitet. Wenn wir es einsperren, und sei es auch an einem schönen Ort, wandelt es sich in Dunkelheit.

Ich möchte mit Eva ans Meer, dort wo das Licht weit und endlos ist, möchte uns beiden dieses schöne Geschenk machen, bin gern bereit, diese Tage für Eva zu bezahlen.

Ich werde ein zweites Mal mit Evas Mutter sprechen müssen.

Als Eva am Nachmittag kam, nahm Barbara sie an die Hand, ging mit ihr hinüber und bat sie, ihrer Mutter zu sagen, dass sie auf sie warten würde und gern mit ihr reden möchte.

Frau Neumann kam wenige Augenblicke später die Treppen herunter, murmelte einen Gruß und schaute Barbara fragend an. Die sagte ihr, dass sie etwas mit ihr besprechen möchte, das für sie selbst von größter Bedeutung wäre und bat sie, sie am Abend in ihrer Wohnung zu besuchen. Frau Neumann versprach es ihr, aber sie wandte ein, dass ‚Er‘ bereit sein müsse, auf ihre Kinder aufzupassen.

Sie kam nicht.

Der Abend ging vorüber und auch der nächste verstrich, ohne dass sie sich meldete. Auch Eva war nicht gekommen.

Wieder einmal werde ich warten, und wieder einmal weiß ich nicht, mit welchem Ausgang.

Barbara saß am Abend auf ihrem Balkon. Das Wetter war noch immer sonnig. Die Tage waren lang und hell.

Als es schellte, erschrak sie.

Ich war in Gedanken versunken und wähnte mich allein mit ihnen. Die Person, die an meiner Haustür schellt, hebt mit aller Deutlichkeit diese Zweisamkeit auf. Wer mag es sein?

Mit ihr rechne ich eigentlich nicht mehr. Jetzt keimt in mir neue Hoffnung auf, dass sie es doch sein könnte.

Es war Frau Neumann.

Barbara bat sie herein und führte sie hinaus auf den Balkon.

Die Stühle standen mit der Rückenlehne zur Wand, so dass man ins Grüne schauen konnte. Evas Mutter setzte sich. Sogleich richtete sich ihr Blick auf die üppige Baumkrone.

„Dies ist ein schöner Platz. Ich hätte auch gern einen Balkon, aber ich kann mir eine solche Wohnung leider nicht leisten."

Barbara deutete auf ihr Glas.

„Darf ich Ihnen einen Eiskaffee anbieten?"

Frau Neumann wollte verneinen, überlegte es sich dann aber anders und nahm das Angebot dankend an.

Barbara ging in die Küche, bereitete den Kaffee zu und versuchte, sich die richtigen Worte zu Recht zu legen. Durch das Fenster sah sie ihre Besucherin. Deren Blick ging ins Weite.

Vielleicht überlegt sie, in welcher Richtung ihr Zuhause liegt. Sie wird es nicht entdecken, denn es verbirgt sich hinter anderen Gebäuden und zahlreichen Bäumen.

Barbara reichte ihr das Glas: Vanilleeis mit Kaffee übergossen und mit einer Sahnehaube gekrönt. Sie nahm den Strohhalm in den Mund und kostete.

„O, das schmeckt gut.“

Sie genossen ihren Kaffee und schwiegen.

Nach einer Weile fragte Frau Neumann Barbara:

„Haben sie hier schon mal mit meiner Tochter gesessen?“

Barbara nickte und lächelte.

„Die Blümchen sind von ihr. Sie sind schon verwelkt. Ich werfe sie so ungern weg.“

„Ich fange an zu trinken…“

Barbara schaute sie fragend an. Sie lächelte schwach.

„Ich meine, ich ertränke mein Elend im Alkohol.“

Barbara wusste nicht, was sie entgegnen könnte. Sie war überrascht. Auf dieses Bekenntnis war sie nicht gefasst.

„Ich bin eine schlechte Mutter. Ich werde meinen Kindern nicht gerecht. Ich tue ständig das Falsche. Ich wollte einen Mann, der für uns sorgt, der meine Kinder liebt und erst recht sein Eigenes. Ich habe von einem Haus mit Garten geträumt, von einer Familie, in der man sich liebt und einander versteht.“

Sie machte eine Pause, rührte in ihrem Glas.

„Bekommen habe ich nichts.“

„Das stimmt nicht. Sie wissen, dass das nicht stimmt.“

„Sie haben es gut. Sie haben nicht die Verantwortung für drei Kinder, haben keinen Mann, der sie bedroht. Sie haben eine schöne Wohnung, einen Job und damit genug Geld.“

„Ich bin einsam.“

„Einsam…Ich bin auch einsam. Ich lebe mit vier Menschen in einer Wohnung und bin einsam. Das können sie mir glauben.“

„Dann weiß ich nicht, was Einsamkeit ist.“

„Wahrscheinlich ist man einsam, wenn man sich allein fühlt, wenn man sich unfreiwillig allein fühlt.“

Sie unterbrachen ihr Gespräch, schauten beide vor sich hin.

„Ich hatte mir immer genau das gewünscht, was sie haben: Kinder. Ein Kind wie Eva.“

„Ja, Eva ist ein liebes Kind. Sie hat das Elend nicht verdient.“

„Keiner von ihnen hat es verdient. Aber ist es nicht so, dass wir nicht immer das bekommen, was wir verdienen? Dass wir uns nehmen, vielleicht sogar erkämpfen müssen, was uns wichtig ist? Wenn sie nicht für das Glück ihrer Kinder sorgen und auch nicht für ihr eigenes, wer sollte es dann tun?"

Frau Neumann schwieg. Sie hob den Kopf, starrte in das Grün des Baumes, ihre Kiefer mahlten.

„Ich dachte, dass es ein Mann tun könnte. Ich dachte immer, das Glück käme mit einem Mann, der mich liebt."

„Ich wünschte mir das auch. Es hat sich nicht erfüllt. Dennoch gibt es viele Paare, die sich lieben. Aber es ist wohl so, dass wir es nicht erzwingen können, und ich glaube, zuerst müssen wir selbst für unser Glück, für unser Leben eintreten, und wenn dann noch eine Liebe hinzukäme, wäre es noch schöner. Meinen Sie nicht auch?"

„Selbst für mein Glück sorgen? Wie soll ich das tun? Ich bin müde, habe alles aufgegeben, den Glauben an mein Glück, meine Kinder, selbst meine Worte. Ich habe das Reden eingestellt. Manchmal möchte ich auf meinem Sofa einschlafen, für immer… Und dann wieder fühle ich einen Stau in mir, erinnere ich mich an die, die ich einmal war, an die Energie, die ich hatte, all die Träume, die Worte meiner Lehrer, dass ich begabt sei." Sie lachte auf. „Begabt…wo ist sie, diese angebliche Begabung? Wo versteckt sie sich? Manchmal meine ich, zerspringen zu müssen. Irgendetwas in meiner Brust schwillt an und beansprucht einen Platz, der nicht da ist und ich meine, in einem einzigen Knall explodieren zu müssen. Aber es geschieht nicht, stattdessen würge ich alles, was raus will, wieder hinunter. Mit Wein geht es leichter."

Wieder schwieg sie, löffelte ein wenig vom Eis, das im Glas zurückgeblieben war. Ihre Stirn lag in tiefen Falten, die fest zusammen gepressten Lippen zeugten von großer innerer Anspannung. Dann lächelte sie schwach:

„Es ist eigenartig. Jetzt habe ich mehr gesprochen als sonst an einem einzigen Tag."

Ihr Blick richtete sich wieder in die Baumkrone und dann fuhr sie fort:

„Meinen Kindern ergeht es nicht anders als es mir ergangen war, als ich Kind war."

„Aber sollten nicht gerade deshalb Ihre Kinder eine schöne Kindheit haben? Und wenn Ihre eigene nicht gut war, haben Sie dann nicht ein Recht auf ein glückliches Leben als Erwachsene?"

Frau Neumann blickte Barbara an und in ihren Augen standen Tränen.

„Was wollten sie eigentlich mit mir besprechen?"

„Ich habe ab Morgen eine Woche Urlaub, die Sommerferien fangen an und ich möchte gern mit Eva ans Meer fahren."

„Ich habe kein Geld, meinem Kind Urlaub zu bezahlen. Aber es ist sehr freundlich von Ihnen, dass sie Eva mitnehmen wollen."

„Verstehen Sie mich bitte richtig. Ich möchte Eva einladen."

Sie wollte abwehren, aber Barbara fuhr fort:

„Ich möchte sie wirklich sehr gern mitnehmen. Mir ging es sehr schlecht und Ihre Tochter hat mir einfach gut getan. Ich habe sie sehr gern und sie mag mich auch. Ich verspreche Ihnen, dass ich gut für sie sorgen würde. Und sicherlich könnte sich Eva auch ein wenig erholen."

„Sie macht nachts ins Bett. Ich weiß nicht warum, aber es ist so."

Ich weiß es.

Frau Neumann schaute Barbara an, der das Schlucken schwer fiel, weil es in ihrer Kehle so eng geworden war. Sie riss sich zusammen.

„Machen Sie sich darüber keine Sorgen. Es wäre für mich kein Grund, sie nicht mitzunehmen. Eva spricht nicht über ihre Probleme. Sie wird mit dem Kummer nicht fertig."

„Ja, ich habe schon mal gehört, dass es daran liegen könnte."

Frau Neumann machte eine kurze Pause, überlegte.

„Ich könnte Ihnen dreißig Euro geben. Vielleicht reicht es wenigstens für einen Teil."

„Es wird reichen. Ich möchte für vier Tage auf einen Campingplatz fahren und dort eine kleine Blockhütte mieten. Eva wird sich sehr freuen."

„Ja. Sicherlich. Mein… Freund darf es nicht wissen, sonst erlaubt er es nicht. Er findet, Sie mischen sich zu viel in unsere Familie ein. Ich werde Evas Sachen einpacken, wenn er zur Arbeit gegangen ist."

„Und was sagen Sie ihm, wenn er nach Hause kommt?"

„Das ist egal. Was ich auch sagen werde, es wird nicht richtig sein."

Ich zünde die auf dem Tisch stehende Kerze an, die diesen kleinen Ort sofort in warmes, gelbes Licht taucht. Wir sitzen noch eine Weile, sprechen nur wenig, fühlen die laue Abendluft, wie sie unsere Haut umschmeichelt und eine sanfte Kühle mit sich bringt.

Ein guter Abend, für mich ein glücklicher Abend.

*

Frau Neumann war gegangen.

Barbara ging in ihr Schlafzimmer, begann ihre Sachen zu packen. Sie war sicher, dass Eva sich freuen würde. Morgen früh würde sie eine Gummieinlage für das Bett kaufen müssen, denn Eva weinte ins Bett.

Ich werde mich bemühen, ihre Tränen zu trocknen.

Am Morgen des nächsten Tages traf Barbara alle Vorbereitungen, die für ihren kleinen Urlaub notwendig waren. Sie reservierte am Telefon eine Holzhütte. Sie würden sich selbst versorgen und frei und ungebunden sein.

Eva hatte ihren ersten Ferientag.

Ich erinnere mich an Ferien meiner Kinderzeit, an das Gefühl dieser glücklichen Tage, besonders an den ersten, wenn die langen Sommerferien begannen, endlos und köstlich in der Vorfreude auf diese Zeit.

Es schellte und sie wusste schon im Voraus, dass es Eva sein würde.

Sie hörte ihre Antwort durch die Gegensprechanlage und wie der Wind war Eva die Treppen heraufgeeilt. Ihr Gesicht glühte vor Begeisterung.

Ich atme auf. Es hätte ja immerhin sein können, dass sich Eva von ihrer Familie, besonders von ihrer Mutter, nicht so lange entfernen möchte.

Aber das Kind freute sich, lief in der Wohnung hin und her, trat mit einem Fuß unruhig auf den anderen.

„Ich freue mich so! Du auch, Barbara, freust du dich auch? Ach, was hast du eine gute Idee gehabt! Du hattest gar nichts erzählt. Wolltest du mich überraschen?"

„Ja, meine Kleine, dieses Mal wollte ich dich überraschen. Es wurde allmählich Zeit, dir zu zeigen, dass ich das auch kann…"

„Das kannst du aber gut! Ich war erst ein Mal in Urlaub, damals, als mein Papa noch da war und meine Schwester noch gar nicht geboren. Wir waren auch am Meer. Das war schön."

„Eva, ich muss noch einiges vorbereiten, damit wir bald fahren können. Ich will auch noch ein paar Dinge einkaufen. Bitte geh und hilf deiner Mami. Ich hole dich in zwei Stunden ab und dann geht es los. Ich freue mich auch riesig. Schon lange habe ich mich nicht mehr auf etwas so sehr gefreut und das habe ich dir zu verdanken, kleines Mädchen."

Sich auf eine Zeit in der Zukunft freuen, auf einen Urlaub, auf ein Ereignis, auf etwas, dass man sich kaufen oder dass einem geschenkt wird…Vorfreude, die angeblich die schönste aller Freuden sein soll – sie ist ein wesentlicher Teil der Lebensfreude.
Ich hatte sie verloren und wieder gewonnen.

Zwei Stunden später holte Barbara ihre kleine Freundin ab. Zuvor hatte sie noch einen Karton Lebensmittel besorgt, damit sie so wenig Zeit wie möglich bei Einkäufen zubringen mussten.

Eva war zappelig und ihre Geduld erschöpft. Das Ereignis war in ihren Augen so groß, dass sie es kaum zu fassen wusste. Sie umarmte ihre Mutter, küsste ihre kleine Schwester. Sie richtete Grüße an ihren großen Bruder aus, der wieder einmal nicht da war und die Probleme nicht anders zu lösen wusste, als so wenig wie möglich zu Hause zu sein.

Eva saß auf dem Rücksitz. Barbara startete den Motor. Sie winkten, und ihr kleiner Urlaub, der für sie beide von solch großer Bedeutung war, hatte begonnen.

Flache Landschaften mit grünen Wiesen, Kornfeldern, Windrädern, einsam gelegenen Gehöften glitten vorbei. Schon nach einer Stunde passierten sie die Landesgrenze.

Obwohl Barbara Eva ein Buch gekauft hatte, verbrachte sie die meiste Zeit damit, aus dem Fenster zu schauen. Sie zeigte mit ausgestreckter Hand auf alles, was ihre besondere Aufmerksamkeit auf sich zog.

„Sieh mal, die Pferde! Und dort reitet jemand…das ist bestimmt schön. Ich würde auch gerne mal auf einem Pferd sitzen."

„Hättest du keine Angst?"

„Nein, ich glaube nicht. Ich würde es vorher streicheln und mit ihm sprechen. Dann wirft es mich bestimmt nicht ab. Und da, schau mal, da spielen Kinder Fußball. Wir haben in der Schule auch Fußball gespielt, aber ich kann das nicht gut. Alle nehmen mir immer den Ball weg."

Allmählich entspannte sie sich, blickte aus dem Fenster, wandte den Kopf, wenn sie etwas nicht so schnell aus den Augen verlieren wollte, oder sie sprach sehr leise mit sich selbst. Dann schwieg sie über lange Strecken, spielte gedankenverloren mit einer Haarsträhne. Sie verstand, dass Barbara gelegentlich stehen bleiben musste, um auf der Straßenkarte nach dem Weg zu suchen, und dann beobachtete sie sie. Wenn Barbara danach weiterfuhr, lachte sie.

„Zum Glück hast du den Weg gefunden.!"

Sie trafen in Küstennähe ein, und Barbara senkte die Scheibe an der Wagentür, um einen Fußgänger nach dem Campingplatz zu fragen. Sie musste den Versuch einige Male wiederholen, weil sie immer wieder auf Touristen traf, die den Weg auch nicht kannten. Aber schließlich wandte sie sich an die Richtige, die ihre Frage verstand und ihr den Weg in ihrer Sprache erklärte.

Es macht mir Freude, sie zu hören, und ich krame in meinem Gedächtnis nach Wörtern, die ich kenne.

Eva hörte konzentriert zu, dann lachte sie und sprach Barbara ihre Bewunderung aus, weil sie es verstanden hatte.

Eva verteilt Anerkennung so leicht und unbefangen.

Sie durchfuhren noch eine kurze Zeit lang flaches grünes Land. Bäume säumten die Straße. Dann erhoben sich neben ihnen die ersten Dünen. Meeresluft drang durch die geöffneten Scheiben in ihr Auto. Sie bogen in eine schmale Straße ein und standen schließlich vor der Schranke des Campingplatzes, der sie in den nächsten Tagen beherbergen würde.

Ihre kleine Hütte wartete auf sie.

Im Innenraum standen zwei Etagenbetten, ein Tisch, vier Stühle, ein Kleiderschrank, an der Wand waren ein paar Haken angebracht und in einer Ecke befand sich eine bescheidene Küchenzeile mit einem kleinen Kühlschrank und zwei gasbetriebenen Kochstellen. Die quadratischen Fenster hatten Sprossen und trugen rotweißkarierte Gardinen wie ein hübsches Kleid. Sie brachten ihre Sachen in ihr Häuschen und richteten alles gemütlich her.

Vor der Hütte befand sich auf dem sandigen Boden eine kleine Terrasse aus Holz mit einem Tisch und zwei Bänken.

Wir haben alles, was wir für ein paar wundervolle Tage brauchen.

„Und nun das Meer, Eva. Es wartet auf uns und ich habe es auch schon länger nicht mehr gesehen."

Sie fassten sich an den Händen und fragten ein kleines barfüßiges Mädchen nach dem Weg. Es erklärte ihn ganz genau und schaute dabei Eva neugierig an.

Und dann liefen sie Sandwege durch die Dünen, gesäumt von Strandhafer und wilden Rosen.

Aus der Richtung des Meeres kommt ein kräftiger Wind. Wir gehen ihm entgegen und ich freue mich auf den Anblick des Wassers.

Der Weg war an vielen Stellen mit Holzbohlen begradigt und befestigt. Die Bretter wippten leicht bei jedem Schritt. Der Steg schlängelte sich durch die sanften Hügel, bis sie durch tiefen Sand eine hohe Düne erklommen, und noch während Barbara aufstieg, ahnte sie schon, dass sie auf dem höchsten Punkt die See erblicken würden.

Es war still. Sie befanden sich im Windschatten und darum hörten sie, noch ohne es gesehen zu haben, leise, wie aus weiter Ferne, das Rauschen des Meeres.

Eva ließ die Hand Barbaras los, lief voraus und dann war sie an der Spitze angekommen, blieb stehen und Barbara vernahm ihre aufgeregten Worte:

„Da ist es! Ich kann es sehen! Komm schnell!"

Der Wind erfasst uns wieder, fegt uns ins Haar, wirbelt es durcheinander. Die salzhaltige Luft reizt unsere Haut. Wir stehen auf dem höchsten Punkt der Düne, schauen hinaus auf die endlose Weite des Meeres, sehen den weißen Streifen der Gischt, wo das Wasser an die Ufer rollt. Wir überblicken die sanften, mit silbernem Gras bewachsenen Dünen soweit unsere Augen schauen können. Nach hinten sehen wir den Campingplatz mit den weißen Wohnwagen, braunen Blockhäusern und bunten Zelten, in denen Menschen wohnen, die der Natur so nah wie möglich sein wollen.

Sie lachten, schauten sich an und Eva deutete auf alles, was sie entdeckte. Weit von ihnen entfernt, feuerrot, stand ein Leuchtturm. Draußen auf dem Meer fuhr ein Schiff vorüber, seine Geschwindigkeit kaum wahrnehmbar. Es stand so still, als würde es ankern.

Sie zogen ihre Sandalen aus.

Unsere Füße tauchen ein in den trockenen, weichen, warmen Sand. Dann rennen wir die Düne hinunter, bei jedem Schritt bis zu den Knöcheln versinkend. Wir überqueren den Strand, laufen dem Meer entgegen und schließlich stehen unsere Füße im Wasser.

Kalt und gleichzeitig sanft an ihren Ausläufern spülen die Wellen heran. Wir bleiben stehen, verlagern unseren Schwerpunkt leicht nach hinten, schauen an unseren Beinen herunter und beobachten, wie unsere Fersen einsinken, das Wasser zurückweicht und wieder kommt, die Füße umspielt und mit jeder Rückkehr die Fersen ein wenig mehr versinken lässt. Wir bleiben stehen, lachen und lassen es zu, bis wir das Gleichgewicht nicht mehr halten können. Dann heben wir die Füße und hinterlassen zwei kleine Kuhlen, die sich mit der nächsten Welle sofort mit Wasser füllen und verschwinden.

Sie liefen weiter.

„Schau nur, die vielen Muscheln…uih, was piksen sie!"

Eva bemühte sich, ihnen auszuweichen, weil die zerbrochenen Schalen an den Fußsohlen stachen und drückten.

Ein breiter, bunter Streifen Muscheln säumte den Strand, weiße, schwarze, graue, rosafarbene, sandfarbene, in den schönsten und feinsten Mustern und Formen, klein und zerbrechlich, im Kontrast zur gewaltigen Stärke des Meeres, das sie mit sich führte und heranspülte.

Eva wandte ihnen ihre Aufmerksamkeit zu. Sie wollte sie aufsammeln, die Schönsten heraussuchen.

Barbara erklärte ihr, dass sie ein Stück zur Düne zurückgehen und sich dort hinsetzen wolle, zeigte ihr ein Schild, das ihnen als Merkmal dienen sollte, um später den Weg zurück zum Campingplatz zu finden.

Dann setzte sie sich in den Sand, ein wenig erhöht.

Klein und schmal, bekleidet mit ihrem blauen Sommerkleidchen, stand Eva inmitten der Muscheln. Sie ging sehr vorsichtig, den Blick suchend nach unten gerichtet, bückte sie sich immer wieder und hob einige auf, betrachtete sie. Ab und zu suchten ihre Augen nach Barbara.

Wenn sie sie entdeckt hatte, winkte sie. Barbara erwiderte ihren Gruß. Das Kind lachte und wandte sich wieder der Vielfalt seiner Muscheln zu.

Barbara saß still, die Beine angezogen und die Arme um die Knie geschlungen, blickte sie hinaus auf das Meer.

Auch wenn es sie auf der Erde nicht gibt, wie schön ist die Vorstellung, dass dort, wo das Land endet, die Unendlichkeit beginnt. Ich sehe kein Land, nur der Horizont begrenzt meinen Blick. Endlose Weite… öffnet mein Herz. Laut müsste ich rufen, aber ich flüstere nur einen stillen Jubel. Meine lächelnden Augen füllen sich mit Tränen, so salzig wie das Meer.

Unendlich erscheint uns die Menge des Wassers, unermüdlich der Wind, der die grenzenlose Kraft des Meeres mitbringt, endlos die Zahl der Wellen, die an den Strand spülen, unendlich die Zahl der feinen Körner des Sandes, zahllos die Schätze, die das Wasser jede Stunde, jede Minute auf den Strand wirft und dort zurücklässt.

Ich achte auf meinen Atem, wie er allmählich eins wird im Takt der Brandung, sich hineinfügt in die überall gegenwärtige Endlosigkeit.

Was macht die Faszination des Meeres aus? Ist es diese gefühlte Endlosigkeit, die sich auch wieder findet im Gleichmaß der Gezeiten, von Ebbe und Flut, im Takt der niemals aufhörenden Wellen, die heran und zurückrollen, immer wieder, auch dann, wenn wir sie nicht beobachten, wenn wir diesen Ort längst verlassen haben, in den Nächten, wenn wir schlafen? Wie begreifen wir Unendlichkeit? Vielleicht nur, wenn wir uns hinein geben, für Augenblicke eins werden mit dem Rhythmus der Natur, eintauchen in ihre vollkommene, sich unaufhörlich erneuernde Schönheit?

Eva kam langsam und bedächtig auf Barbara zu.

Sie hielt beide Hände unter der Brust zu einer Schale aneinandergefügt und trug darin ihre kleinen Kostbarkeiten. Sie hatten kein Gefäß, überlegten, wie sie die Muscheln aufbewahren und bei der Rückkehr transportieren könnten. Barbara schlug Eva vor, sie neben sie zu legen, sich die Stelle zu merken, um die kleinen Fundstücke morgen wieder aufzusammeln.

Eva war einverstanden.

Sie lächelt mich an, wirkt gelöst und fröhlich, genießt diese Augenblicke, fragt nicht nach dem Gestern und auch nicht nach dem Morgen. Der Wind zerzaust ihr rötlich blondes Haar, plustert ihre Kleidung auf.

Eva wand sich wieder dem Wasser zu und lief, immer den splittrigen Muscheln ausweichend, den Strand ein wenig hinunter. Bevor sich ihr Blick wieder senkte, vergewisserte sie sich, dass Barbara noch immer dort saß, wo sie sie zurückgelassen hatte.

Es wurde Abend, einige Menschen am Strand gingen langsam zurück zum Campingplatz, manche entfernten sich immer weiter, wohnten an anderer Stelle und wanderten dorthin mit zügigen Schritten, entlang der anbrandenden Wellen.

Ich lehne mich zurück, lasse mich in den Sand fallen, lege die Arme verschränkt unter den Kopf und schaue in den Himmel. Blau und ebenfalls endlos wölbt er sich über mir.
Als ich mich wieder aufrichte, stelle ich fest, dass das Schiff, das sich so scheinbar langsam vorwärts bewegte, längst meinen Augen entschwunden ist.
Die Sonne nähert sich dem Horizont, nimmt eine rotgoldene Färbung an, zaubert dort, wo sie ihn berührt, glänzende kupferne Farben auf das Wasser. Ich schaue der untergehenden Sonne zu, wie sie allmählich ihre glühende Kraft verliert und ihr Anblick nicht mehr in den Augen schmerzt.

Eva kam wieder zurück, die Hände voller Muscheln. Sie legte sie in den Sand, setzte sich neben Barbara und begann, ihre Fundstücke noch einmal eingehend zu betrachten, legte sie dazu einzeln auf die Innenfläche ihrer Hand. Sie hatte besonders viele rosafarbene, winzige herausgesucht.

„Die Muscheln sind so schön und es sind so viele…und sie liegen hier einfach so herum. Ich weiß gar nicht, welche die schönste ist. So viele kann ich gar nicht mit nach Hause nehmen."

Schön scheint etwas erst dann zu sein, wenn wir es beachten und wahrnehmen. Es entfaltet sich vor unseren Augen, vor unseren Ohren. Der Strand ist übersät mit kleinen Schönheiten, aber erst, wenn wir uns bücken, eine von ihnen in unsere Hand nehmen und sie betrachten, werden wir sie entdecken, dann dient sie unserer Freude, verschönert sie unser Dasein.

Zwischen den Muscheln befand sich auch das Gehäuse eines kleinen Krebses. Eva wusste nicht, was es war. Barbara erklärte es ihr, zeigte ihr die Scheren.

Wir sitzen nebeneinander und warten, bis die Sonne endgültig eingetaucht ist ins Meer und dort ihr funkelndes Feuer verlischt. Dann stehen wir auf und gehen zum Dünenweg, schauen noch einmal zurück zu der Stelle, an der wir saßen, versuchen sie uns zu merken, damit wir am nächsten Tag die Muscheln wieder finden.

Oben auf der Düne wenden wir uns noch einmal zum Meer und nehmen Abschied für diesen Tag. Morgen kommen wir wieder.

Wie die Wellen kommen auch wir zurück.

Früh am Morgen erwachte Barbara. Eva schlief noch. Sie hörte ihre leisen, regelmäßigen Atemzüge.

Noch einmal schließe ich die Augen und versuche, mir den dunklen Pfad meiner Trübsal in Erinnerung zu rufen. Er ist weit weggerückt. Die Lichtung hat sich ausgedehnt in offene helle Landschaften. Lagen sie schon immer jenseits des Pfades, unsichtbar für Auge und Herz? Je weiter und je länger ich mich in ihnen bewege, desto mehr entfernt sich die Finsternis.

Aber ich will sie nicht vergessen, denn letztlich lieben wir das Licht so sehr, weil wir um die Dunkelheit wissen.

Eva erwachte.

Sie bewegte sich, streckte sich, und dann hörte Barbara, ohne sie anzublicken, wie sie innehielt. Sie verhielt sich so still, dass Barbara dachte, sie sei wieder eingeschlafen, aber dann hörte sie sie leise weinen.

Barbara stand auf, ging zu ihrem Bett, zog ihr sanft die Hände vom Gesicht, versuchte sie anzusehen. Sie wich ihrem Blick aus, schlug wieder die Hände vor die Augen und weinte heftiger.

„Eva, was hast du? Bitte sage mir, warum du weinst."

Sie gab keine Antwort, aber sie hielt in ihrem Schluchzen inne.

„Eva, ich habe dir gesagt, dass du niemals Angst vor mir haben musst. Du kannst mir wirklich sagen, warum du weinst."

Das Kind nahm ein wenig die Hände vom Gesicht und wagte sehr vorsichtig, Barbara anzusehen.

„Ich...ich... habe ins Bett gemacht...Es ist ganz nass."

Eva beobachtete ängstlich den Ausdruck ihres Gesichtes, versuchte herauszufinden, welche Wirkung dieses Geständnis auf sie machte. Barbara atmete auf.

„Das ist nicht schlimm. Wir können es wieder trocken machen. Aber schlimm ist, dass du so traurig darüber bist. Eines Tages wird es dir nicht mehr passieren."

„Mami ist immer ganz böse auf mich. Ich möchte gar nicht ins Bett machen. Ich tue es nicht absichtlich."

Sie weinte wieder.

„Ich weiß das. Wein nicht mehr! Am besten stehst du jetzt auf und wir machen alles wieder trocken."

Eva verließ das Bett, und Barbara bat sie, das nasse Schlafzeug auszuziehen.

„Gleich musst du dich duschen."

Sie reichte ihr die schmutzige Wäsche von gestern. Eva kleidete sich rasch an, und dann erneuerten sie ihr Bett, sorgten dafür, dass es wieder frisch und einladend aussah. Barbara zeigte ihr die Gummieinlage und erzählte ihr, dass sie sie vorsorglich mitgenommen hatte. Eva war erleichtert, weil sie verstand, dass die Matratze nicht nass geworden war.

„In der nächsten Nacht wecke ich dich und dann gehen wir gemeinsam zur Toilette. Vielleicht bleibt das Bett dann trocken. Was meinst du, ist das ein guter Einfall?"

„Du hast immer so tolle Ideen. Jetzt weine ich nicht mehr."

Barbara hatte für sie beide ein kleines Frühstück angerichtet, ein Müsli mit vielen Nüssen, klein geschnittenem Apfel und kalter Milch. Frisch geduscht und gekleidet saß Eva mit ihrer Freundin in der Morgensonne auf ihrer kleinen Terrasse und sie hörten, wie allmählich auch die anderen Bewohner des Campingplatzes erwachten. Geschirr klapperte leise, Kinder riefen und von einer Seite strömte Kaffeeduft zu ihnen herüber. Das Handtuch über die Schulter geworfen, die Kulturtasche unter den Arm geklemmt, gingen manche zu den Sanitäranlagen hinüber.

Eva erinnerte sich an ihre gesammelten Muscheln und wollte jetzt wissen, ob sie wohl noch dort lägen, wo sie sie aufbewahrt hatten.

Gleich gingen sie wieder zum Strand und sicherlich würden sie sie wieder finden.

Am Sand war nicht erkennbar, wo Barbara am Tag zuvor gesessen hatte.

Die Oberfläche war nur an den unberührten Stellen in den Dünen eben und glatt, von einer leichten Salzkruste überzogen. Überall dort, wo sich die Menschen bewegten, war der Sand voller Dellen, auch der Platz, auf dem

Barbara gesessen hatte. Sie suchten eine Weile und dann fanden sie das Muschelhäufchen und sammelten es behutsam in eine Tüte. Eva freute sich. Sie wollte ganz viele Muscheln mit nach Hause nehmen.

Sie wanderten in Richtung des Leuchtturms am Strand entlang, trugen ihre Sandalen in der Hand und liefen mit nackten Füßen durch das Wasser.

Eva fand es herrlich. Sie war nur mit ihrem Badeanzug bekleidet und sie hüpfte und rannte durch die heranrollenden Wellen, lachte, wenn das Wasser an ihren Beinen herauf schwappte. Dann lief sie vom Wasser weg auf den trockenen warmen Strand und brachte sich in Sicherheit.

„Ob ich wohl mal ganz ins Wasser könnte? Ich kann auch schwimmen, weil ich es nämlich in der Schule gelernt habe."

„Geh ruhig noch ein Stück hinein. Aber nicht weiter als bis zur Brust. Ich bin gespannt, ob du schwimmen kannst."

Eva vergnügte sich in den Wellen, ließ sich hineinfallen, kreischte, weil es so kalt war, machte Schwimmübungen, schluckte das salzige Wasser, stellte sich rasch auf die Füße und schüttelte sich.

„Uhi...schmeckt das ekelig..."

Mit dem Gefühl der Zeitlosigkeit vergeht unser Strandspaziergang.

Die wärmende Sonne auf der Haut, das Meer zu unserer Rechten, der Strand und die dahinter liegende Dünenlandschaft zu unserer Linken, die Füße, kräftig durchblutet, die ganze Zeit im schaumigen Wasser, das uns nun warm und weich erscheint, laufen wir dahin, einzige Orientierung der Weg selbst und in der Ferne der Leuchtturm, der nicht nur in der Nacht den Schiffen das Land anzeigt, der auch den Menschen die Richtung weist.

Groß und flammendrot, das Leuchtfeuer am Tage nicht in Betrieb, ragte der Leuchtturm schließlich vor ihnen auf. Sie hatten ihr Ziel erreicht.

Sie setzten sich in den Sand, ganz nah beim Wasser und packten ihr Strandpicknick aus: Brotscheiben mit Käse und Salatblättern belegt, hart gekochte Eier, Saftschorle und zum Nachtisch Evas heiß geliebte Kekse. Sie saßen, aßen mit viel Appetit, schauten auf das Meer.

In der Ferne fuhr wieder ein Schiff vorüber. Obwohl es winzig klein aussah, konnten sie erkennen, dass es ein großes Passagierschiff sein musste. Eva wollte gern wissen, wohin es wohl führe und wer wohl die Passagiere seien.

Wohin mag seine Reise gehen? Ob dort draußen auf dem Meer irgendjemand darüber nachdenkt, dass hier auf dem weiten Strand zwei Menschen sitzen könnten, die das Schiff beobachten und den Passagieren freundliche Gedanken über das Wasser schicken?

Am Nachmittag kehrten Barbara und Eva zurück.

Von der heißen Sonne, der Meeresluft und den vielen Stunden ihres Spaziergangs ermüdet, wollte Barbara am liebsten ein wenig schlafen. Sie stand vor ihrem Bett und es sah einladend aus.

Eva lag auf dem Bauch und blätterte in ihrem neuen Buch, buchstabierte leise manche Sätze, interessierte sich aber mehr für die Bilder in üppigen und satten Farben, die sie ausgiebig betrachtete.

Barbara streckte ihre Glieder und schloss die Augen, um sofort in einen leichten Schlaf zu fallen.

Als sie aufwachte, war Evas Bett leer. Das Buch lag mit der letzten Seite aufgeschlagen auf dem Kopfkissen.

Barbara trat vor die Tür und hielt nach dem Mädchen Ausschau. Es war nicht zu sehen.

Ich bin unruhig. Vielleicht ist sie zu den Sanitäranlagen hinüber gelaufen.

Sie schaute dort nach ihr, fand sie aber nicht. Sie ging zurück zum Häuschen, beschloss, den Campingplatz abzusuchen.

Schon bald hatte sie Erfolg.

In der Mitte des Platzes befand sich eine Fläche für Kinder mit einigen hölzernen Klettergerüsten und einem kleinen Platz, über den für Ballspiele quer ein Netz gespannt war. Dort hockte Eva auf der Erde. Mit dem Rücken Barbara zugewandt, sah sie sie nicht.

Vor ihr kniete ebenfalls ein Mädchen. Es war dasselbe, das ihnen den Weg zum Strand gezeigt hatte. Die beiden sprachen miteinander und schauten sich etwas auf dem Boden liegendes an. Barbara musste lächeln, vor Erleichterung darüber, dass sie sie so schnell gefunden hatte und vor Freude, dass Eva diesen Kontakt gewagt hatte.

Barbara wandte sich unauffällig um und ging zurück zur Hütte. Dort nahm sie ihr Buch, setzte sich, das Gesicht der immer noch wärmenden Abendsonne zugewandt, auf die Bank auf ihrer Terrasse und begann zu lesen.

Lange Zeit konnte ich nicht lesen. Im Dunkeln ist kein Licht.
Bücher, die uns Türen zu anderen Menschen öffnen, zum Reich der Fantasien, zum Leben, so schlecht und gut wie es ist, blieben für mich verschlossen. Die Welt der schwarzen Buchstaben verschwand in der Düsternis meiner Gedanken.
Jetzt lese ich den ‚Schimmelreiter' von Theodor Storm, zum zweiten Mal, einst als Mädchen in der Schule und nun heute. Nur Fragmente sind in meiner Erinnerung, mehr als diese noch Stimmungen und Gefühle, die ich beim Lesen dieser Novelle hatte. Jetzt lasse ich mich tragen von der Geschichte, erlebe sie so nah, als wäre ich, hier an der See selbst ein Teil von ihr.

„Ich habe eine Freundin gefunden!"
Eva stand vor ihr. In der Hand baumelte die Tüte mit den rosabunten Muscheln. Sie strahlte Barbara an. Ihr Gesicht war übersät mit Sommersprossen, die seinen heiteren Ausdruck noch verstärkten.
„Das ist großartig, Eva! Ich habe dich schon gesehen, aber ich wollte euch nicht stören. Habt ihr Euch deine Muscheln angesehen?"
„Ja. Morgen wollen wir noch mehr sammeln. Lisa mag am liebsten die Gestreiften, ich finde ganz viele von den rosafarbenen am schönsten. Und ich möchte welche meiner Mami mitbringen."

Nimm sie nur mit, Eva. Sie werden dich wie kleine Boten erinnern an diesen schönen Ort, an das Gefühl der Unbeschwertheit und des Glücks. Sie werden deiner Mutter ein Versprechen sein, dass auch auf sie das Meer, der Sand und die Dünen warten.

Am Abend saßen sie beide vor ihrer Blockhütte.
Es war dunkel geworden. Überall auf dem ganzen Platz brannten kleine Lichter. Auf vielen Tischen waren Kerzen entzündet und auch auf ihrem Tisch brannte geschützt in einem hohen Glas eine Flamme. Sie hatten zu Abend gegessen und jetzt stand vor ihnen ein duftender Tee.
Sie saßen und redeten miteinander.

Unsere Stimmen sind gedämpft, denn über den Lauten, die wir um uns herum hören, liegt eine wunderbare Stille. Auch der Wind hat sich zur Ruhe begeben. Eva erzählt mir von ihren Erlebnissen, ihren kleinen und großen Beobachtungen, ihren Gedanken. Sie stellt die für sie typischen Fragen, die manches Mal so einfach, oft aber auch so schwer zu beantworten sind.

Sie knabberten Erdnusskerne. Aus allen Richtungen hörten sie leises Plaudern.

Es sind Menschen, die so wie wir den Abend im Freien erleben, lachen und erzählen, noch erhitzt von der Meeressonne und der salzigen Luft, die Müdigkeit eines langen Ferientages im Körper spürend, lassen sie den Tag ausklingen, geht er sanft und leicht hinüber in die Nacht.

Barbara hatte Eva geweckt, und ihr gesagt, dass sie keine Angst zu haben brauche, war mit ihr über den nachtstillen Campingplatz zur Toilette gegangen.

*

Die Morgensonne drang durch die Sprossenfenster in ihre kleine Hütte, lockte sie aus den Schlafsäcken. Eva verharrte einen kurzen Moment, bemerkte, dass ihr Bett trocken geblieben war und zeigte es Barbara voller Stolz. Sie lobte sie und freute sich für sie…

Sie gingen gemeinsam zu den Toilettenräumen, wuschen sich, putzten ihre Zähne und zogen sich an, schlüpften in bunte leichte Sommerkleider. Noch immer war der Himmel blau und wolkenlos. Wieder erwartete sie ein sonniger Tag.

Sie bummelten gemeinsam zum Bäcker, der nur wenige Minuten vom Campingplatz entfernt war. Dort stellten sie sich in die Reihe der Wartenden und schließlich trugen sie warmes frisches Brot und knusprige Brötchen zurück.

Eva deckte den Tisch, während Barbara ihr das Geschirr und alle Zutaten anreichte. Das Kind war fröhlich und sang eine Eigenkomposition: „La la la".

Es ist ein Lied der Heiterkeit und der freudigen Erwartung.

*

Sie verbrachten den Tag bis zum Nachmittag am Strand. Eva planschte und schwamm mit Begeisterung, buddelte ein Loch, in das sie Wasser goss und bestaunte, wie es allmählich versickerte. Dann grub sie ein Netz kleiner Wasserstraßen, füllte Wasser an einer Stelle ein und beobachtete, wie es sich in den Kanälen verteilte und schließlich zurück ins Meer floss.

Barbara schaute Eva bei ihrer Arbeit und später bei ihren unermüdlichen Schwimmversuchen zu.

„Komm doch auch ins Wasser! Es ist so herrlich!"

Sie schreckte vor der Kühle des Wassers zurück, aber dann stand sie auf und überwand ihre Scheu. Das Wasser war noch kälter als sie es erwartet hatte, aber es erfrischte ungemein. Eva lachte und führte ihr vor, wie man sich rückwärts hinein fallen ließ, sich dann blitzschnell auf die Füße stellte, nach vorn beugte und zurück zum Ufer schwamm.

Ich bin noch weit entfernt davon, mich in das Wasser zu stürzen, empfinde es als eisigkalt. Eine lange Zeit des Frierens liegt hinter mir. Aber meine Haut gewöhnt sich allmählich an die Temperatur. Die Wellen überspülen immer wieder meine Beine und schließlich fühlt sich das Wasser nur noch oberhalb der Beine kalt an. Ich reibe meine Arme, meinen Bauch mit dem Wasser ab, lasse es über den Rücken rieseln, versuche mich zu gewöhnen und dann fasse ich mir ein Herz und lasse mich fallen.

Kälte umschließt mich, aber sofort bewege ich mich und nur wenige Augenblicke später ist das Kältegefühl verschwunden.

Eva hatte Barbara beobachtet, jetzt lachte sie laut und klatschte in die Hände.

„Bravo! Bravo!"

Sie spritzte übermütig in die Richtung Barbaras, vollführte immer wieder ihre Schwimmübungen. Die Wellen rollten ihr des öfteren über den Kopf, dann schluckte sie Wasser und spuckte es wieder aus.

Barbara blieb im Wasser, ließ sich immer wieder hineinfallen, schwamm, ließ sich auf und nieder tragen von den Wellen, zurück auf den Sand treiben. Sie bespritzten sich gegenseitig mit Wasser, fassten sich an den Händen und sprangen gemeinsam hoch, leicht und mit Schwung, gingen in die Hocke, warteten auf die nächste Welle und sprangen in sie hinein. Sie tobten und lachten, schluckten Salzwasser und schüttelten sich.

Und wieder hat das Glück mich gemeint. Es ist da und ich halte es fest.

Später sitzen wir in unsere Handtücher gewickelt im Sand, schauen den Wellen zu, wie sie auch ohne uns immerfort ihr Schauspiel vollführen, heranrollen, von unsichtbarer Kraft zurückgezogen werden und wieder aufs Neue den Strand erreichen.

„Ich habe ein Geheimnis, kleine Freundin, und jetzt möchte ich es dir verraten."

„O ja, verrate es mir!"

„Morgen habe ich Geburtstag. Ich lade dich und Lisa ein und wir drei feiern hier draußen am Strand. Und damit es besonders schön wird, fahren wir jetzt ins Städtchen und kaufen leckere Sachen ein."

„O ja! Wie schön, dass du Geburtstag hast. Sicher freust du dich ganz doll…"

Sie kehrten zurück, kleideten sich an und fuhren mit dem Auto in den nächsten kleinen Ort. Dort kaufte Barbara in einem Lädchen frische Erdbeeren, eine kleine Flasche Sekt, einen Schokoladenkuchen. Eva sagte nichts, ging an den Regalen vorbei, sah Barbara hin und wieder verstohlen an und betrachtete die Ware.

„Möchtest du irgendetwas, Eva?"

„Nein…eigentlich nicht. Ich freue mich schon auf den Schokoladenkuchen."

Draußen blieb sie stehen, sah Barbara an und bat sie:

„Kannst du mir einen Euro von dem Geld geben, das mir meine Mami mitgegeben hat? Ich möchte noch einmal in das Geschäft. Aber ganz allein."

Barbara gab ihr die Münze. Eva strahlte und verschwand in dem Laden. Wenige Minuten später kam sie heraus, trug eine Tüte in der Hand, versteckte sie hinter dem Rücken. Sie gab Barbara einen Cent zurück, sagte aber nichts.

Sie bummelten noch ein wenig durch die kopfsteingepflasterten, schmalen Straßen, bestaunten die hübsch gebauten, heimeligen, oft winzigen Häuschen mit Gärten, in denen die Sommerblumen bunt und üppig in Stauden standen. An den Fenstern hingen oft keine Gardinen und damit ließen die Bewohner Vorübergehende ein klein wenig an ihrem Leben teilhaben. Manche Häuser waren so klein und ihre Fenster so groß, dass man auf der anderen Seite wieder hinaus schauen konnte. Auf einer Fensterbank saß eine Katze mit getigertem Fell und beobachtete sie müde aus halbgeöffneten Augen. Eva blieb stehen, und als sie begriff, dass das regungslose Tier lebendig war, zeigte sie mit dem ausgestreckten Finger darauf. Und zum Beweis ihrer Lebendigkeit erhob die Katze sich, machte einen Buckel, gähnte, drehte sich einmal um die eigene Achse und legte sich mit dem Kopf in die andere Richtung wieder hin.

Sie setzten sich an einen der runden Korbtische, die vor einem Gasthaus zum Verweilen einluden und bestellten Kaffee, Kakao und Apfelkuchen mit Schlagsahne. Barbara lehnte sich zurück, schaute Eva beim Essen zu, wie sie abwechselnd ein Kuchenstückchen auf der Gabel balancierte, in den Mund beförderte und von ihrem Kakao trank.

Die Sonne schien ihnen ins Gesicht, stand auch am Nachmittag noch sehr hoch. Die Menschen bummelten oder eilten an ihnen vorbei, manche blieben stehen, ließen die Blicke über die noch freien Tische schweifen, überlegten, ob sie hier oder an einem anderen Ort diese kleine gemütliche Auszeit nehmen sollten.

„Was meinst du, Eva, wie wäre es, wenn ich dir heute Abend ein bisschen aus deinem neuen Buch vorläse?"

„Das wäre aber schön!"

„Abgemacht."

„Freust du dich auf deinen Geburtstag?"

Sie zögerte mit ihrer Antwort.

Freuen? Wahrscheinlich ist ein Geburtstag so schön, wie man ihn feiert. Ich habe einen lieben Gast, ich bin an einem wunderschönen Ort und ich werde nach langer Zeit zum ersten Mal wieder eine Flasche Sekt öffnen. Ich denke...ja!

„Ich freue mich!"

*

Es war Abend. Sie saßen auf ihrer Bank vor ihrem Häuschen. Eva hatte sich ganz nah neben Barbara gesetzt. Sie lehnte ihren Kopf an ihre Schulter und blickte auf das Buch, das aufgeschlagen vor ihnen lag, aber sie las nicht mit ihr, hörte stattdessen mit ganzer Aufmerksamkeit zu.

Ich lese mit gedämpfter Stimme und langsam tauchen wir ein in die Geschichte, lassen uns mitnehmen an Orte unserer Fantasie. Die laue und weiche Luft hüllt uns ein, wir fühlen uns geborgen in der Gegenwart der Menschen um uns herum, der Wärme des Augenblicks. Das Glück hat sich in mir wie die Knospe einer Blume leise und fast unbemerkt entfaltet.

„Es war einmal eine kleine Prinzessin. Sie wohnte in einem Schloss inmitten der grünen Hügel und der Täler voller Blumen und Schmetterlingen. Jeden Tag spielte sie in den Wiesen, beobachtete die kleinen Käfer, pflückte die schönsten Blumen und tanzte gemeinsam mit den Zitronenfaltern. Sie hatte alles, was ihr Herz begehrte, doch eines hatte sie nicht. Sie hatte keinen Spielgefährten, keinen Freund. Sie war immer allein."

„Die arme Prinzessin. Sie war bestimmt traurig darüber."
Eva sah Barbara ernst an.

„…Darüber war die Prinzessin sehr traurig. Sie wandelte durch das Tal. Die Sonne beschien sie, die grünen Halme der Gräser kitzelten sie an den Beinen, die Vögel sangen ihr die schönsten Lieder vor und dennoch wollte kein Lächeln in dem liebreizenden Gesicht erscheinen. Denn mit niemandem konnte sie über all die schönen Dinge sprechen, ihre Zeit teilen oder gemeinsam dem Gesang der Vögel lauschen."

„Ja, das stimmt. Es ist nicht schön, wenn man keinen Freund hat."
Eva nickte zur Bestätigung und blickte nachdenklich auf die Buchseite.

„Als sie eines Tages so traurig in der Wiese saß, umflatterte sie plötzlich ein Schmetterling, leuchtendblau wie der Himmel. Er setzte sich auf ihre Schulter. Die kleine Prinzessin wand ihm das Gesicht zu und ein ganz schwaches Lächeln erschien darauf. ‚Guten Tag, mein Kleiner. Ich freue mich, dass du mich besuchst. Aber leider wirst du gleich davon fliegen und mich allein lassen.' Da vernahm die Prinzessin eine unendlich zarte, leise Stimme, denn der Schmetterling sprach zu ihr aus seinem winzigkleinen Mund. Sie hielt ganz still und lauschte auf seine Worte. ‚Ich kann nicht bei dir bleiben, denn ich bin frei und ungebunden, bleibe niemals an einem Ort. Ich will tanzen und fliegen und bin überall nur ein Gast.' ‚Ach so', flüsterte die kleine Prinzessin so leise sie konnte, denn sie hatte Sorge, dass der kleine Schmetterling sich vor ihrer lauten Stimme erschrecken könnte und davonfliegen würde, ‚dann danke ich dir, dass du mich besuchst.'"

„O ja, sie muss ganz leise sprechen."

Eifrig und gespannt nickte Eva.

‚Du siehst so traurig aus. Eine solch liebreizende Prinzessin sollte nicht so unglücklich sein. Was fehlt dir denn? Vielleicht kann ich dir helfen?' ‚Ach, ich bin so allein. Im Schloss gibt es außer mir keine anderen Kinder und auch hier im grünen Tal ist niemand außer mir.' ‚Das verstehe ich. Auch ich tanze sehr gern in der Gemeinschaft mit anderen Schmetterlingen. Ich will dir helfen. Lass uns auf den Regenbogen warten. Ich will auf ihm in den Himmel tanzen und von dort hinunter in das Tal auf der anderen Seite. Dort kenne ich einen kleinen Prinzen, der genauso allein ist wie du. Ihm will ich von dir erzählen.' ‚Darüber freue ich mich sehr. Ich will gerne warten.'

Sieben Tage wartete die kleine Prinzessin und dann verdunkelte sich der Himmel. Aus großen grauen Wolken regnete es auf die Wiesen und die Hügel herab."

Evas Blick war versonnen. Sie lauschte andächtig. Sie war ein Teil dieser Geschichte.

„Die kleine Prinzessin saß in ihrem Zimmer am Fenster und sah sehnsuchtsvoll hinaus auf ihr geliebtes Tal, wie es vom Wasser des Himmels getränkt wurde. Und dann rissen die Wolken ein wenig auf und ließen die Strahlen der Sonne hindurch und bald schon zeigte sich in all seiner Pracht der Regenbogen. Weit umspannte er wie eine riesige Brücke aus schillernden Farben die Täler. Er reichte an seiner höchsten Stelle weit in den Himmel hinein. Die kleine Prinzessin klatschte in die Hände und freute sich. Sie blickte angestrengt den Regenbogen hinauf, aber sie konnte den blauen Schmetterling nicht erkennen, denn auch, wenn seine Freiheitssehnsucht so groß war, so war er doch winzig, eben nur ein kleiner Schmetterling.

Noch einmal musste die Prinzessin sieben Nächte warten und die Zeit wurde ihr lang. Längst hatte sich der Regenbogen im Himmel verloren, die Sonne schien wieder auf das Land und auf die kleine Prinzessin. Sie wandelte wieder durch das Tal und seine Blumen. Jeden Tag hielt sie Ausschau nach dem Schmetterling, aber sie konnte ihn nirgendwo entdecken. Sie wurde so traurig und hoffnungslos, dass sie sich in das Gras setzte und weinte."

„Die arme Prinzessin."

Eva seufzte tief, schmiegte sich fester an Barbara.

„Komm, lies weiter…"

„Mit einem Mal zogen wieder dunkle Wolken auf und der Himmel vollführte erneut sein Schauspiel wie schon zwei Mal sieben Tage zuvor. Regen strömte herab und durchnässte die kleine Prinzessin. Sie aber stand auf und fühlte mit einem Mal großes Herzklopfen. Sie blickte zum Himmel und in diesem Moment wichen die Wolken zur Seite und machten der Sonne Platz und es erschien wieder der Regenbogen in allen Farben des Himmels. Die kleine Prinzessin staunte über seine farbenprächtige Herrlichkeit und konnte ihren Blick gar nicht abwenden und da sah sie ihn: Ein kleiner Prinz…",

„Oh…", ein Lächeln ging über Evas Gesicht.

„…in schöne, goldbestickte Kleider gehüllt, schritt den Regenbogen herab geradewegs auf das grüne Tal zu, betrat die Erde und wandte sich der kleinen nass geregneten Prinzessin zu, denn er hatte sie schon längst vom Himmel herab erspäht. Sie lief dem kleinen Prinzen entgegen, breitete die Arme aus und ihr Gesicht leuchtete vor Freude im Einklang mit den Strahlen der Sonne. Die beiden Königskinder fassten sich an den Händen und tanzten durch das Gras, so lange bis sie müde wurden und sich hinsetzten. Und dann erzählten sie einander von ihren Tälern, bis die Kleider der Prinzessin getrocknet waren.

Der kleine Prinz blieb bei ihr, bis der nächste Regenbogen kam. Dann verabschiedete er sich und ging zurück zu seinen Eltern, die vor Sorge um ihn viele Tränen geweint hatten."

„Meine Mami hat auch um mich geweint." Eva schaute nachdenklich drein. Sie erinnerte sich.

„Aber bald schon überspannte ein neuer Regenbogen das Land und dieses Mal schritt die kleine Prinzessin auf der schillernden Straße zu ihrem lieb gewonnenen Freund. Und so besuchten die beiden einander viele, viele Jahre und waren sehr glücklich.

So lange es Sonne, Regen und Wolken gibt, wird es auch Regenbögen geben. Dann können sich die beiden Kinder sehen, miteinander spielen, tanzen und einander Geschichten erzählen. Und wir, wir schauen zum Himmel und warten. Denn auch wenn die Jahre vergehen, so kommen doch immer wieder neue Regenbögen und dann überlegen wir, ob wohl gerade die Prinzessin oder der Prinz darüber hinweg schreitet."

„Das war eine schöne Geschichte."

Eva seufzte. Noch immer ruhte ihr Kopf an Barbaras Seite. Das Buch lag aufgeschlagen auf dem Tisch vor ihnen. Barbara mochte es nicht zuklappen, denn so blieb ihnen die Illusion, dass die Geschichte noch andauerte und die beiden Königskinder mit ihrem Glück und ihrer Liebe zueinander bei ihnen waren, erhalten.

Auch in dieser Nacht weckte Barbara Eva.

Das Kind war sehr müde, mochte nicht aufstehen, war wohl klein und schmal, aber dennoch zu schwer, um von ihr getragen zu werden. Barbara begleitete sie zur Toilette. Eva bewegte sich wie in Trance, gestört in tiefem Schlaf.

Als sie bei den Sanitäranlagen angekommen waren, war sie ein wenig wacher und verstand wieder, warum sie geweckt wurde. Sie gingen Hand in Hand zurück durch die ruhige Nacht, und im Bett liegend schlief Eva sofort wieder ein.

*

„Herzlichen Glückwunsch zum Geburtstag!"

Barbara schlug die Augen auf und blickte gleich in das strahlende Gesicht ihrer kleinen Freundin.

„Hast du schon ausgeschlafen? Ich freue mich so, dass du heute Geburtstag hast. Ich habe auch ein Geschenk für dich."

Wie allen Kindern macht es ihr Freude, andere zu beschenken, ist sie neugierig auf meine Reaktion, würde sie am liebsten selbst die Geschenke auspacken.

Barbara stand auf, setzte sich hin und erlöste sie von ihrer Ungeduld.

„Okay. Ich bin wach und ich bin heute das Geburtstagskind. Jetzt möchte ich gerne beschenkt werden."

Ich setze eine feierliche und zugleich neugierige Miene auf und bin wieder einmal bereit für eine Überraschung.

Eva verbarg die Hände hinter dem Rücken. Jetzt holte sie sie hervor und reichte Barbara ein sehr kleines Päckchen. Ein flacher Gegenstand war eingewickelt in geblümtes Toilettenpapier, umwickelt mit Paketband, mehrfach verschnürt. Barbara machte sich daran, das Band zu entknoten. Das war eine langwierige Aufgabe und die kleine Gratulantin vollführte wieder ihren kleinen Tanz, wie es ihre Gewohnheit war, in dem sie mit einem Fuß auf den anderen trat und versuchte, Barbara mit ihren Blicken zur schnelleren Arbeit anzutreiben.

Schließlich wickelte sie das Papier auseinander und vor ihr lag ein kleiner runder Spiegel mit rosafarbener Einfassung, darauf eine besonders schöne, rosafarbene Muschel mit einem Hauch von Perlmutt überzogen.

„Es ist meine schönste. Gefällt sie dir?"

„Sie ist wunderschön…und der Spiegel auch. Warum hast du mir denn einen Spiegel geschenkt?"

Noch während ich dies frage, habe ich schon eine Ahnung. Und Eva bestätigt es mir.

„Du hast doch keinen. Für einen großen habe ich nicht genug Geld, aber der kleine ist doch auch sehr schön, und nun weißt du immer, wie du aussiehst. Sonst hast du es nachher noch vergessen. Wenn man in den Spiegel guckt, ist das so komisch. Ich muss immer lachen, wenn ich mich sehe."

Sie holten sich wieder frische Brötchen und zur Feier des Tages auch Croissants. Auf dem Rückweg zum Campingplatz hielt Barbara Eva an der Hand. Eva schwang ihren Arm vor und zurück und sang ein Geburtstagslied, das sie in der Schule gelernt hatte. Wenn sie den Text vergessen hatte, sang sie einfach nur ihr fröhliches „la la la". Barbara blieb stehen, schaute Eva an und dann sang sie mit ihr.

Sie rüsteten sich für einen langen Tag am Strand, packten wieder ihr Picknick ein, außerdem das Fläschchen Sekt, eine Schüssel mit frischen Erdbeeren und den braunen Kuchen voller Schokoladenstückchen und dann holte Eva ihre neue kleine Freundin Lisa. Gemeinsam liefen sie den schon vertrauten Weg zur Düne, darüber hinweg abwärts rutschend und lachend zum Wasser, schlugen ihr Lager unmittelbar am Rande der heranspülenden Wellen auf, ließen sich auf den warmen Sand fallen.

Eva und Lisa wollten baden gehen, warfen ihre Kleider von sich und liefen zum Wasser. Barbara holte ihr Buch hervor, legte sich auf den Bauch, schaute den tobenden Mädchen eine Weile zu und begann dann zu lesen, richtete dazwischen immer wieder den Kopf auf und schaute nach den Kindern.

Irgendwann breitete sie auf einem Tuch die mitgebrachten Speisen aus. Sie saßen sich im Schneidersitz gegenüber, aßen ihren Kuchen. Die Erdbeeren waren süß und rot, der Sekt perlte und schäumte im Becher, nicht mehr kalt, aber dennoch köstlich in der Kombination mit den kleinen Sommerfrüchten, mit dem Sonnenplatz am Strand und der Musik des rauschenden Meeres, begleitet vom Geschrei der Möwen.

Morgen werden wir wieder nach Hause fahren. Jede Minute ist kostbar, ein Geschenk. Nur langsam vergehen die hellen, sonnendurchfluteten Tage, aber schließlich wird es doch immer wieder Abend.

*

Barbara wollte gerade ein Essen zubereiten, als Eva mit ihrer kleinen Freundin kam. Schon von weitem hörte sie sie aufgeregt rufen:

„Barbara, Barbara! Wir sind eingeladen! Lisas Papi hat gesagt, dass wir kommen sollen. Du hast doch heute Geburtstag und da sollst du nicht kochen und auch nicht alleine mit mir sein."

„Hat Lisas Vater das wirklich gesagt?"

„Ja. Frag ihn doch selbst! Du möchtest gleich mit mir rüberkommen."

Sie ging mit den Mädchen zur anderen Seite des Platzes hinüber.

Dort blieben die Kinder bei einem Wohnwagen mit einem blauweißgestreiften Vorzelt und weit geöffneter Vorderwand stehen. Das Zelt war mit Holzplatten ausgelegt und dadurch wirkte es wie ein Raum. Darin standen zwei weiße, aneinander gestellte Campingtische mit mehreren Stühlen drum herum, eine einladende Runde, die Geselligkeit versprach.

An der Seite stand ein Grill. Lisas Vater beugte sich darüber und war mit dem Entzünden der Holzkohle beschäftigt. Jetzt wandte er sich um, als er die Mädchen kommen hörte.

„Ah, da kommt ja das Geburtstagskind. Ich freue mich, dass Sie gekommen sind…"

Er reichte Barbara die Hand und lächelte sie freundlich an.

„Herzlichen Glückwunsch!"

Sie begrüßte ihn und bedankte sich für die Einladung.

„Es dauert noch ein wenig…vielleicht eine halbe Stunde. Dann kommen auch unsere Freunde von nebenan."

Er deutete auf einen Nachbarwohnwagen.

„Es ist nicht gut, wenn man an seinem Geburtstag so alleine ist. Wir freuen uns, wenn Sie und Eva kommen."

Es ist mir unangenehm, von diesen fremden Leuten eingeladen zu werden. Aber Eva freut sich so sehr darüber, und ich beschließe, mich ein wenig treiben, mich überraschen zu lassen von dem, was kommen wird. Wenn ich mich nicht wohl fühle, werde ich mich zurückziehen können in die Sicherheit der alleinigen Gesellschaft mit mir.

*

Barbara und Eva saßen inmitten der fremden Menschen am Tisch und aßen. Lisa hatte neben Eva Platz genommen und die beiden Mädchen lachten und tuschelten miteinander. Als sie satt waren, standen sie auf und liefen davon. Barbara schaute ihnen lächelnd hinterher. Vor ihr stand ein Glas Rotwein, von dem sie ab und zu in kleinen Schlucken trank.

Der trockene und samtige Geschmack des Weines füllt meinen Mund. Der Alkohol durchwärmt meinen Körper und schärft meine Sinne. Ich lehne mich in meinem Stuhl zurück, halte die Augen halb geschlossen und nehme das entspannte Lachen und Schwatzen der Menschen um mich herum wahr, lasse es vorüberziehen und verklingen. Ich bin aufgenommen in ihren Kreis, werde aber nicht bedrängt, kann schweigen und einfach nur dabei sein. Ich fühle mich gesättigt, angeregt durch den Wein und geborgen unter den Menschen, die mir freundlich und offen begegnen. Alle haben mir zum Geburtstag gratuliert und uns herzlich in ihrer Runde begrüßt.

Eva und Lisa erschienen ab und zu, verschwanden sofort im Wohnwagen. Barbara hörte sie dort kichern und lachen, dann kamen sie wieder heraus, tranken ein wenig aus ihren Gläsern, um die Runde sofort wieder zu verlassen.

Allmählich ward es dunkler und rundherum leuchteten der Reihe nach Lichter. Barbara stand auf, trat hinaus und blickte zum Abendhimmel empor.

Allmählich gehen die Sterne auf. Als kleine leuchtende Punkte schmücken sie den Himmel wie Edelsteine dunklen Samt, und ich denke an die vielen Menschen, die jetzt in diesem Augenblick und zu allen Zeiten, seit es Menschen gibt, so wie ich nach oben schauen und sich von diesem Anblick verzaubern lassen.
Was auch geschieht auf dieser Erde, ob wir weinen oder glücklich sind, auch wenn schwere Wolken ihn verbergen, der nächtliche Himmel wacht über uns und gibt uns ein Versprechen der Ewigkeit.

Barbara setzte sich wieder an den Tisch.

Ich trinke von meinem Wein und lasse es zu, dass dieser Abend und mit ihm die Zeit ein wenig stille steht.

Eva hatte sich wieder neben Barbara gesetzt. Das Kind schien müde zu sein, lehnte seinen Kopf an ihre Schulter.

Ich spüre, dass es ihr nicht anders ergeht als mir. Auch sie genießt auf ihre Weise die sanfte Stimmung dieses Abends.

„Hast du Lust, noch einmal mit mir zur Düne zu gehen? Oder möchtest du sofort schlafen gehen?"
„Ja, ich gehe gern mit! Ich bin noch gar nicht müde und kann noch ganz lange aufbleiben."
Eine Frau aus der Runde hatte sich bereits verabschiedet, um schlafen zu gehen. Jetzt wünschten auch Barbara und Eva eine gute Nacht, bedankten sich und gingen noch einmal über den dunklen Dünenweg in Richtung des Meeres.

Während wir den schmalen Weg entlanglaufen, kommt mir der dunkle Pfad in den Sinn. Weit habe ich ihn zurück gelassen. Er hat seine Schrecken verloren. Jetzt laufe ich einen Weg, gesäumt von Strandhafer, der zu dieser nächtlichen Stunde umhüllt ist von mildem Nachtlicht. Allein die weiß schimmernde Mondsichel erhellt den Weg gerade so viel, dass man ihn und die Pflanzen an seinen Rändern erkennen kann. Wir steigen die Düne hinauf und oben erfasst uns wieder der Wind. Das Schreien der Möwen ist verstummt, nur das Rauschen des Meeres erfüllt die Nacht. Unsere Blicke gehen weit hinaus in die Dunkelheit über das Meer. Es ist schwarz und glatt, nur die Schaumkronen an den Spitzen der sacht heranrollenden Wellen schimmern weiß. Weit von uns entfernt blitzt in regelmäßigen Abständen das Leuchtfeuer des Turmes in weiten Strahlen über das Land und das Meer.

Eva stand dicht bei ihr, hielt ihre Hand fest. Einige Minuten standen sie auf der Kuppe der hohen Düne.

Ich fühle mich klein und verloren, dennoch auf unbestimmte Art wie der Mittelpunkt der Welt.

Der Tag der Abreise war gekommen. Der Wind hatte zugenommen und trieb große weiße Wolken vor tiefblauem Hintergrund vor sich her. Barbara und Eva packten ihre Sachen zusammen. Barbara hatte das Auto rückwärts dicht an die Hütte herangefahren. Der Kofferraumdeckel war geöffnet und nach und nach wanderten alle Dinge hinein.

Ein letztes Mal setzten sich Barbara und das Mädchen an den Holztisch und frühstückten. Dabei beobachteten sie das morgendliche Treiben um sich herum. Manche Besucher rüsteten sich zur Abreise so wie sie, andere begannen entspannt einen neuen Ferientag. Lisa gesellte sich zu ihnen und erzählte, was sie sich für diesen Tag vorgenommen hatte. Ein letztes Mal tauschten die beiden Mädchen Muscheln aus, beschenkten sich gegenseitig mit besonders schönen.

Ich trinke meinen Kaffee und nehme in meinen Gedanken Abschied, verspreche, wieder zu kommen, diese Tage nicht zu vergessen.

*

Auf der Rückfahrt erzählte Eva noch eine Weile lebhaft von ihrer Zeit mit Lisa, dann schwieg sie plötzlich und schaute nur noch aus dem Fenster.

Auch ich rede nicht mehr, fahre die Straßen entlang und wir entfernen uns immer weiter vom Meer, vom Strand und unserer Hütte.

*

Wieder einmal brachte sie Eva nach Hause, trug ihre Tasche die Treppen hoch. Frau Neumann wartete mit dem Baby auf dem Arm, empfing sie mit traurigem Gesichtsausdruck, bemühte sich zu lächeln. Sie bückte sich und küsste Eva auf die Stirn, streichelte ihr über das Haar.

„War es schön, meine Kleine? Ich habe oft an Euch gedacht."

*

Als Barbara im Bett lag, schaute sie gegen die Decke, schloss die Augen und die Gedanken gingen ihr durch den Kopf.

Ich stelle mir den Sternenhimmel an der See vor. Welche Zukunft wirst du haben, Eva? Welche Chancen wirst du erhalten? Wie lange wirst du ins Bett weinen müssen, bis du die Liebe und Achtung erfährst, die du verdienst?

Deine Zukunft und die deiner Geschwister sind eng mit der Zukunft deiner Mutter verknüpft. Wird sie jemals die Kraft aufbringen, ihr Leben und damit das eurige in eine andere Richtung zu lenken?

Und ich? Welchen Verlauf wird mein Leben nehmen? Eva hatte an meiner Tür geschellt und ich ließ sie herein. Seit dem ist die Trostlosigkeit meines Daseins ein wenig gewichen und Lebensfreude in kleinen Schritten zu mir zurückgekehrt. Eva ist da, wir haben uns an die Hand genommen und begleiten einander ein Stück unseres Weges.

Was auch geschehen wird mit uns, morgen wirst Du wieder schellen und ich werde dich willkommen heißen.

Am darauffolgenden Tag holte Barbara den Badezimmerspiegel aus der Abstellkammer hervor und hing ihn zurück an die nun blank geputzte gekachelte Wand. Das Glas war trübe durch darauf liegenden Staub. Sie ergriff ein Tuch, rieb die Oberfläche mit kreisenden Bewegungen sauber. Dann verharrte sie, beugte sich ein wenig vor.

Ich verweile einen Augenblick vor dem Spiegel und betrachte mein Gesicht. Meine Haut ist leicht gebräunt, auf den Wangen liegt ein rosiger Schimmer. Ich hebe meine Hände und fahre langsam mit den Fingern den Haaransatz entlang, an den Schläfen herab zu den Nasenflügeln und verharre auf den Furchen, die sich von dort herab zu den Mundwinkeln ziehen. Hier hat meine Traurigkeit ihre Spuren hinterlassen, eingegraben als Zeugnis dieser Zeit, dazugehörend, nicht auslöschbar, wie die gemeißelten Züge einer Skulptur. Meine Finger fahren die Konturen meines Mundes entlang, verweilen an den Mundwinkeln… ich lächle, nur zaghaft… mein Spiegelbild an. Die Fältchen, die von stetig zusammengepressten Lippen zeugen, ziehen sich glatt und es erscheinen an den Außenseiten meiner Augen neue. Willkommen sind diese mir. Sie sollen sich in der nächsten Zeit, von mir aus bis zum Ende meines Lebens, vertiefen, sichtbare Zeichen einer anderen Zeit werden.

*

Barbara hatte eingekauft und neue Kekse mitgebracht.

Meine kleine Freundin wird sicherlich gleich kommen und wir beide werden einen gemütlichen Kaffeeklatsch halten und über die vergangenen Tage sprechen. Eva wird mir wieder ihre Sicht der Dinge schildern, mich auf manches aufmerksam machen, das ich nicht sah.

*

Ich warte, mal wieder. Zu meiner Freundschaft zu Eva gehört das Warten dazu.
Ich übe mich darin, ertrage es mehr oder weniger gut. Auch wenn es noch so lange
gedauert hatte, letztlich ist sie immer wieder gekommen.

Heute habe ich meinen Balkon bepflanzt. Rote Geranien, weiße Margeriten,
blaue Vergissmeinnicht warten mit mir gemeinsam. So fröhlich stimmt mich ihr
Anblick. Längst hätte ich Blumen haben sollen.

Barbara holte den kleinen Spiegel hervor, legte ihn auf das Balkontischchen.
Die rosafarbene Muschel fand ihren Platz in einem alten Schmuckkästchen,
in dem vormals ein Ring auf blauem Samt gebettet war. Dann setzte sie sich
hin und las in ihrem Buch.

Der Tag verstrich und auch der Abend ging ohne Eva vorüber.

Die untergehende Sonne hat den Himmel rosarot gefärbt. Das würde dir gefallen,
kleine Freundin.

Auch der nächste Tag verging und auch der darauf folgende. Das Warten wurde unerträglich.

Ich sehne mich nach Eva und sie fehlt mir so sehr. Ich weiß nicht mehr, auf was ich eigentlich warte. Und dieses Gefühl ängstigt mich. Alles ist besser als dieses endlose Bangen.

Barbara beschloss, hinüber zu gehen, an ihrer Tür zu schellen.

Welchen Grund hat es, dass sie nicht kommt? Ich mache mir große Sorgen. Hoffentlich geht es dem Kind gut.

Sie schellte an der Haustür, hatte ein ungutes Gefühl. Niemand öffnete. Sie schellte noch einmal.

Mein Herz klopft, Tränen treten mir in die Augen. Warum öffnet niemand? Ich versuche, mich zu beruhigen. Der Mann ist arbeiten, der Junge ist nie zu Hause. Vielleicht sind sie spazieren oder einkaufen? Warum bin ich so aufgewühlt?

Die Tür öffnete sich. Ein Mann kam heraus. Er sah sie ratlos vor der Tür stehen.
    „Kann ich Ihnen helfen? Suchen Sie jemanden?"
    „Ja, ich möchte zu Familie Neumann."
    „Da können Sie lange warten. Die wohnen nämlich nicht mehr hier."

Mein Herz klopft noch schneller. Ich habe es geahnt.

„Vor zwei Tagen ist die Frau mit den Kindern gegangen. Sie sind nicht nur verreist, weil sie auch einige Möbel mitgenommen haben. Der Mann wohnt noch immer hier, aber er ist fast nie da."
    „Hat Frau Neumann die neue Anschrift hinterlassen?"

„Nein. Ich habe keine Ahnung, wo sie hingezogen sind. Wir sind froh, dass sie weg sind. In der Wohnung war immer nur Geschrei."

Barbara bedankte sich, wandte sich um und ging nach Hause zurück.

Es ist geschehen. Ich habe Eva verloren, ihre Gesellschaft, ihre Fragen, ihre Auffassungen, ihre Unbefangenheit. Ich werde sie so sehr vermissen.
Ein neuer Tag begann.

Barbara fand Post in ihrem Briefkasten vor, einen Umschlag mit Briefbögen und einer bunten Ansichtskarte mit der Abbildung von kleinen Katzen, geschmückt mit schönem Tigerfell:

Liebe Barbara!

Ich bin mit meiner Mami und meiner kleinen Schwester und meinem großen Bruder weggezogen. Bitte warte nicht auf mich. Ich kann dich nicht mehr besuchen. Sei nicht traurig. Hier ist es nämlich sehr schön.
Viele Grüße, Eva.

Der Brief war von ihrer Mutter geschrieben:

Liebe Barbara,

verzeihen Sie mir, wenn ich diese vertrauliche Anrede benutze, aber, seit wir Sie kennen lernten, haben sich die Dinge, nicht nur für Eva, auch für mich, zum Guten gewendet. Wir sind, für Sie sicherlich sehr überraschend, weggezogen, und ich möchte Ihnen erzählen, wie es dazu kam.

Nachdem Sie mit Eva zurückgekehrt waren, erlebte ich einen Abend, der anders verlief als alle zuvor.

Eva und Julian waren in ihrem Zimmer. Ich hörte ihre gedämpften Stimmen. Aus dem kleinen Raum, in dem Pia schlief, drang kein Geräusch. Leise öffnete ich die Tür. Ich schaltete keine Lampe an und wartete einen kurzen Moment, bis sich meine Augen an das dämmrige Dunkel des Zimmers gewöhnt hatten. Dann trat ich an das Bettchen und beugte mich darüber. Meine kleine Tochter lag auf dem Rücken, so wie ich sie hingelegt hatte. Ich warf einen flüchtigen Blick auf ihr Gesicht, sah die im Schlaf geschlossenen Augen und wollte mich abwenden, um in das andere Zimmer, zu den beiden großen Kindern zu gehen. Aber stattdessen zog ich, einem plötzlichen Impuls nachgebend, einen Stuhl heran und setzte mich neben das Bett der Kleinen. Mein Blick betrachtete nun aufmerksamer das runde, blasse Gesichtchen und die abgewinkelten Arme mit den winzigen zu Fäusten geballten Händen. Ich hörte in der Stille des Zimmers ein leises Seufzen meiner kleinen Tochter und das vertraute, schmatzende Geräusch des Mundes, der noch Saugbewegungen ausführte, obwohl der Sauger bereits heraus gefallen war. Ich hob meine Hand und legte sie sehr behutsam auf die kleine Brust, nur mit soviel Gewicht, dass ich soeben ihr sanftes Heben und Senken spüren konnte…

Ein brennendes Gefühl größter Zärtlichkeit breitete sich in mir aus und Tränen traten mir in die Augen. Kaum hörbar hörte ich mich flüstern: „Du hast zu viel geschrieen in deinem kurzen Leben."

Lange saß ich in der Dunkelheit am Bett meines Kindes. Merkwürdig aufgerichtet, wie in eine Andacht versunken, die Hände im Schoß gefaltet, wachte ich an seinem Bett und es schnürte mir das Herz zu.

Wie so oft quälte mich in der Nacht Schlaflosigkeit. Aber gegen Morgen falle ich stets in einen tiefen Schlaf, der schließlich unterbrochen wird vom nicht enden wollenden Schreien meines Babys. Auch dieses Mal war es so. Ich schlug die Augen auf, hörte das Schreien und erwartete das bleierne Gefühl und das Bedürfnis, weiter schlafen zu wollen.

Aber irgendetwas war anders.

Ich fühlte mich seltsam wach, ja, auf unbestimmte Art erwartungsvoll. Meine beiden großen Kinder hatten die Wohnung verlassen, weiß Gott, wohin. Sie haben es aufgegeben, mich morgens zu wecken.

Ich wickelte und fütterte das Baby und wenige Augenblicke später schob ich den Kinderwagen in Richtung des Sees. Ich lief eilig, als hätte ich keine Zeit, als gäbe es ein Ziel.

Etwas kitzelte auf meiner Haut und ich wehrte es hastig ab. Es war ein Schmetterling mit kunstvoller Zeichnung. Von meinem Arm hatte ich ihn vertrieben, aber dennoch verließ er mich nicht, flatterte vor meinen Augen auf und nieder. Ich verlangsamte mein Tempo und beobachtete ihn, der, warum auch immer, mich begleitete, voraus tanzte, mich lockte, und in diesem Augenblick wusste ich, warum ich so hellwach war, warum meine Augen und mein Herz etwas zu sehen begonnen hatten, was am Tag zuvor noch im Verborgenen lag. Die letzten Jahre meines Lebens und ganz besonders die letzten Monate erschienen vor meinem inneren Auge in einer Reihe von beklemmenden Bildern unerfüllter Hoffnungen, Verletzungen und Traurigkeiten. Ich sah mich müde und teilnahmslos auf dem Sofa liegen, gleichgültig gegenüber meinen Kindern, gleichgültig und resigniert gegenüber dem Leben, versteckt in den Wänden meiner Wohnung, ausharrend… Ich war an einem Punkt meines Lebens stehen geblieben, nicht um mich auszuruhen, sondern um zu warten, das Leben mit all seinen Lasten an mir vorüber ziehen zu lassen, und ich begann zu trinken, um den Schmerz darüber besser ertragen zu können.

Aber ich sah noch mehr.

Ich blickte dem Schmetterling nach, der nun seine Flugbahn geändert hatte, sich von mir abwandte, von nun an wieder ganz allein seinem eigenen Weg folgte, und gleich einem Schweif von winzigen Sternen andere Bilder meiner Erinnerungen folgen ließ: farbige, helle, freundliche. Ich sah mich tanzen, lachen, und ich verstand, dass sich nur etwas ändern kann, wenn wir weiter gehen. Erstaunt stellte ich fest, dass ich mich in diesem Augenblick in Bewegung gesetzt hatte.

So kehrte ich zurück, öffnete mit zitternden Händen alle Weinflaschen, die darauf warteten, mich zu lähmen, und goss den Wein in den Ausguss, spülte den Geruch des Alkohols mit viel Wasser weg und dann warf ich eine Flasche nach der anderen an die Wand. Die Flaschen zerbarsten laut und mit ihnen das, was mich zum Zerspringen ausfüllte und mir in der Brust lag wie ein schwerer Stein. Ich starrte die Scherben auf dem Boden an, hob eine kleine olivgrüne auf, wickelte sie in ein Taschentuch, um sie aufzubewahren. Sie würde mich mahnen, nicht zu vergessen.

Ich sank auf einen Stuhl und es schüttelte mich im Weinen und Lachen. Die eiserne Klammer, die am Abend zuvor mein Herz umschlossen hielt, war aufgesprungen.

Schon am Nachmittag desselben Tages ließ ich einen Scherbenhaufen, umwölkt von Alkoholdunst, zurück, verließ das Sofa, dieses unselige Sofa, auf dem mein Leben stille stand und ich verließ den Mann, der, wie auch andere zuvor, meine Hoffnungen nicht erfüllen und dessen Erwartungen auch ich nicht stillen konnte, und ich nahm mit, was mir das Wichtigste ist: meine Kinder. Noch einmal fügte ich ihnen Leid zu, in dem ich ihnen keine Gelegenheit gab, Abschied zu nehmen, sie vor vollendete Tatsachen stellte.

Ich schwöre, dass es das letzte Mal war.

Sie haben Recht. Wenn ich nicht für uns sorge, wer wird es dann tun? Ich bin gegangen, habe auf wundersame Weise Mut fassen können, einen Anfang gewagt, aber wie wird es weiter gehen? Obwohl ich Angst habe und unsere Zukunft ungewiss ist, weiß ich, dass ich es richtig gemacht habe. Ich will nicht mehr darauf hoffen, dass andere mich glücklich machen, ich will versuchen, selbst für mein Glück zu sorgen. Dann habe ich schließlich etwas, von dem ich verschenken kann, an meine Kinder und an wen auch immer.

Unglück und Traurigkeit taugen nicht als Geschenke.

Oft dachte ich an den Abend auf Ihrem Balkon. Es war schön, dort zu sitzen und Ihre Nähe tat gut. Und ich habe an Sie und meine Tochter gedacht, an den Strand, an dem Eva spielte, an das kühle Wasser des Meeres. Und ich habe mir gewünscht, dabei gewesen zu sein, habe mich danach gesehnt, mich endlich wieder lebendig zu fühlen. Und als diese Sehnsucht einmal erwacht war, wurde sie stärker und machtvoller. Vielleicht ist es sie, die mich zu treiben begonnen hat, oder vielleicht ist es der Wunsch, meinen Kindern endlich das zu geben, was sie schon so lange entbehren mussten? Was es auch ist, es ist ein gutes, ein starkes Gefühl, das mich Vertrauen fassen und meine Angst vergessen lässt.

Ich habe mich auf den Weg gemacht. Ich möchte wieder tanzen und die Beschwingtheit eines glücklichen Augenblicks erleben. Noch ist es weit, aber es ist mir ein Trost, dass auch der längste Weg mit einem ersten Schritt beginnt.

Heute habe ich die Glasscherbe abgeholt. Ich habe sie ihrer scharfen Kanten beraubt, sie einfassen und ein Loch hineinbohren lassen, in das ich ein Band gefädelt habe. Ich werde diese Kette, die eigens für mich gemacht ist und die ich mir selbst geschenkt habe, tragen, so lange, wie ich ihren Schutz und ihre erinnernde Kraft brauche.

Wenn Sie es auch möchten, könnten wir uns eines Tages wieder sehen.

Eva würde sich freuen – und ich auch.

Ich melde mich wieder. Wünschen Sie uns Glück.

Silke Neumann

Mir kommt der Regenbogen in den Sinn, die Himmelsbrücke, auf der Eva mir entgegen kam und auf der sie wieder davonging.

Barbara hielt die Post in ihren Händen, lächelte und Tränen rannen ihr über das Gesicht.

*

Der Weg zum See ist heute still und wenig begangen. Am Himmel ziehen, getrieben vom Wind, leichte luftige weiße Wolken dahin. Dazwischen schaut die Sonne hervor und sendet ihre goldenen Strahlen auf die Erde herab. An den Rändern des Wegs leuchten rot die zarten Blüten von Klatschmohn, wiegen und neigen sich leicht in der dahinströmenden sommerlichen Luft.

Barbara gelangt ans Wasser, setzt sich auf den warmen Stein. Neben ihr steht der alte Mann. Er hat sein trockenes Brot an die Enten verteilt und schaut nun auf das Wasser. Er blickt Barbara kurz an, als sie kommt.

„Man hat mir gesagt, dass man sie nicht füttern darf. Aber sie kennen mich. Wenn ich komme, erwarten sie mein Brot."

„Ja, das verstehe ich."

„Haben Sie heute ihre Enkelin nicht dabei?"

„Nein. Heute nicht. Sie ist nicht meine Enkelin. Sie ist meine Freundin. Das heißt eigentlich, sie war meine Freundin. Ach nein, sie ist es. Sie ist nicht mehr hier, aber ihre Freundschaft hat sie mir zurückgelassen."

Er nickt, schaut sie freundlich an und wendet dann seinen Blick dem Wasser zu. Er setzt sich neben sie auf den Stein und dann weint sie noch einmal, ein letztes Mal. Der alte Herr sagt nichts, hört ihrem Weinen zu.

Und als ihre Tränen getrocknet sind, erzählt sie ihm vom Meer und den Muscheln am Strand.